マドンナメイト文庫

竜崎家の嫁 夜の適性検査

霧原一輝

目次
contents

竜崎家の嫁　夜の適性検査

第一章　試練のはじまり

1

北関東の地方都市――。

白い冠をいただいた連峰の見えるホテルの一室で、バスローブに身を包んだ竜崎《りゅうざき》吉彦《よしひこ》は髙階《たかしな》美沙子《みさこ》がバスルームから出てくるのを、懊悩《おうのう》しながら待っていた。

（俺はこのまま、美沙子を抱いていいのだろうか？）

吉彦は、地元の有力者であり、代々の広い土地を活かし、現在は手広く不動産業を営む竜崎家の長男だった。

竜崎家にはいまだに旧態依然とした習わしが残っていて、竜崎家の跡継ぎとなる者は、父と祖父が決めた女性と結婚しなければいけない。

おそらく、それは過去に竜崎家が勢力を拡大していくために政略結婚を行っていた、その名残のようなものだろう。

馬鹿らしい。この時代に、時代錯誤も甚だしい――。

吉彦は、父や祖父の悲惨な家庭生活をこの目で見てきたからこそ、その悪しきしきたりには大いに疑問を抱いている。

だからこそ、自分が愛した女と一緒になりたかった。

しかし、竜崎家の男たち――父と祖父はそれを認めないだろう。

高階美沙子を結婚相手として、家に連れて行ったら、猛反発を食らうことは目に見えている。

だが美沙子は、今年三十歳になった吉彦が、生まれて初めて心から愛した女だった。

吉彦は現在、父が社長を、祖父が会長を務めるS不動産の営業部で課長をしている。

その課員のひとりが高階美沙子で、吉彦よりひとつ年下の二十九歳。

いつもやさしげな笑みをたたえた穏やかな感じの美人で、頭も切れて、仕事もできる。才色兼備という形容がぴったりの女性で、吉彦も好意を抱いていた。

半年前、その美沙子が珍しく仕事上で大きなミスをおかし、会社に大損を与えそうになったことがあった。

あんなに、打ちひしがれている美沙子を見るのは、初めてだった。

見ていられなくなって吉彦は奔走した。相手方に頭をさげ、損失を与えない方法を見つけて、どうにか窮地を免れた。

上司としては当たり前のことをしたまでだが、窮地を救われたことがよほど心に響いたのだろう。それ以降、美沙子の吉彦を見る目が変わった。

ビジネス面でも、吉彦の補佐的な役目を果たすようになり、美沙子のアドバイスもあって、吉彦の課の営業成績は飛躍的に伸びた。

そんな美沙子を、吉彦は女性として愛するようになっていた。

(美沙子となら、生涯をともにできる)

そんな気持ちが伝わったのか、美沙子も吉彦を課長としてだけではなく、ひとりの男として愛してくれている。

すでに何度かデートを重ねている。

今夜はお互いの愛の最終確認をしたかった。

ホテルのレストランでディナーを摂《と》り、あらかじめ取っておいた部屋に誘った。美沙子はためらいを見せたが、それも一瞬で、吉彦についてきた。

（美沙子は俺に身をゆだねようとしている。だが、その先は……？）

結論が出ないままベッドに腰かけていると、美沙子がバスルームから出てきた。

白いバスローブをまとった美沙子は、いつも以上にきれいで、艶《なま》めかしい。

ふわっとしたウエーブヘアが肩から胸にかけて散り、羞じらって、うつむいている。

ちらりと吉彦を見た表情が強張っていた。初めて身体を合わせるのだから、緊張しているのだろう。それは、吉彦も同じだ。

「こっちに……」

呼ぶと、美沙子は歩いてきて、吉彦の隣に腰をおろす。

バスローブは腰のところで紐で締められているものの、下半身のほうの裾がはだけないように、ぎゅっと重ね合わせている。美沙子はいつも慎みを忘れない。

このまま押し倒して、キスをしたかった。

だが、その前に、伝えなければいけないことがある。

「竜崎家のことだけど、知っておいてほしいことがあるんだ」

「……何でしょうか？」

「じつは、竜崎家の跡を継ぐ男は、父か祖父の決めた女と結婚しなければいけないという習わしがある。もちろん、俺はそんな古くさいしきたりを受け入れるつもりはない。現にこれまではそれを拒んできた。俺はきみを一生の伴侶だと決めている。だから、美沙子を結婚相手として紹介するつもりだ。しかし、父と祖父はおそらく二人の結婚に猛反対するだろう。だから、きみを面倒なことに巻き込んでしまうことになる。正直、美沙子をそんなくだらないことで苦しませたくない。だから、もしその覚悟がなければ……」

そう言って、美沙子を見た。

「……心配なさらないでください。吉彦さんを好きになってから、多少の困難は覚悟してきました。吉彦さんは社長さんの息子さんですし、うちは同族経営の会社ですから。でも、わたしは吉彦さんが好きです。跡取り息子として愛しているわけではありません。純粋に、吉彦さんをひとりの男として愛しています。だから、たとえ何があっても、わたしは挫けません。そのくらいの覚悟はできています」

美沙子はきっぱり言って、吉彦をまっすぐに見た。

アーモンド形の目が強い意志を伝えてくる。その覚悟を決めているような表情が、吉彦を奮い立たせる。

「ありがとう。俺の目に、狂いはなかった」

吉彦は前にしゃがみ、美沙子のバスローブの紐の結び目を解いた。前がはだけて、充実した乳房のふくらみと下腹の翳《かげ》りがのぞく。

そのまま、バスローブを肩から脱がせて、美沙子をそっとベッドに寝かせた。

一糸まとわぬ姿になった美沙子は、両手で乳房を覆い、立てた片膝をよじって翳りの底を隠している。

肌が抜けるように白い。そして、二十九歳の熟れかけた裸身はウエストがくびれたように細いのに、乳房もたわわで、ヒップも充実している。

（着痩せするタイプだな）

吉彦も勇んでバスローブを脱いで、ベッドにあがる。

恥ずかしいのか、美沙子は乳房を隠しつつも、必要以上に顔をそむけている。

「美沙子が好きだ。俺にはすべてを見せてほしい。大丈夫だ。何があっても、必ずきみと結婚する。信じてほしい」

言い聞かせて、胸を隠している手をつかんで、万歳の形に押さえつけた。

「あっ……！」

美沙子はますます顔をそむけて、唇を噛む。

たわわな乳房があらわになっていた。直線的な上の斜面を、下側の充実したふくらみが押しあげて、全体が張りつめている。薄いピンクの乳輪から、これも透き通るようなピンクの乳首が頭を擡《もた》げている。

色の白い女は、乳首も色素沈着が少なく、こういう淡い色をしているのだろう。ピンクの乳首が好きというわけではない。愛した女なら、たとえどんな色をしていても、その乳首を愛おしく思うだろう。

それでも、この透き通るようなピンクは、吉彦を昂らせる。

両手を放し、美沙子の顔を正面に向かせて、顔を寄せた。

ついばむようなキスをする。ルージュにぬめる唇はふっくらとして、ぷるぷるしている。

上と下の唇を挟むようについばみ、唇を合わせた。

様々な角度でキスをし、唇の内側を舐めると、びくっとして、美沙子の唇がわずかにひろがった。

その隙間に舌を差し込む。つるっとした舌がおずおずとからんできた。

舌をからませているうちに、美沙子の手が背中にまわり、吉彦をぎゅっと引き寄せる。そうしながら、一生懸命に舌を吸い、なぞってくる。

男の愛撫に一心に応えようとしている。このような一途さを、吉彦はこよなく愛している。

キスをおろしていき、首すじに舌を這わせた。

「あっ……！」

美沙子はびくっとして、顔をのけぞらせる。

仄白い喉元があらわになり、その反り具合がたまらなかった。キスをおろしていきながら、乳房をつかんだ。

指間からはみだしてきた乳首を、ゆっくりと舐めると、

「んっ……！」

美沙子は顎をせりあげて、顔をのけぞらせる。

（敏感だな……）

これまで美沙子の浮いた話を聞いたことがなかったから、男女の営みには疎いのかと思っていた。だが、美沙子は打てば響く身体をしていた。

それに勇気づけられて、吉彦は左右の胸のふくらみを揉みしだく。抜けるように白い乳肌からは、青い血管が幾本も透けだしていて、柔らかい乳房は揉むほどに形を変えて、手のひらに吸いついてくる。

何人かの女を抱いたが、これほど透明感のある乳房は初めてだった。

こらえきれなくなって、突起にしゃぶりついた。

かるく頬張って、舌を使う。

舌を当てるごとに、乳首は硬くしこってきて、

「んんんっ……」

美沙子は手の甲を口に添えて、喘ぎを押し殺す。それでも、カチカチになった突起を上下左右に撥《は》ねると、

「あっ……あっ……ゴメンなさい。声が……あうぅぅ」

抑えきれない喘ぎが洩れて、美沙子はいっそう顔をのけぞらせる。

2

吉彦は左右の乳首を丹念に舐めながら、もう一方の乳首を指で挟んで転がした。

すると、美沙子は抑えきれない喘ぎを慎み深く洩らしながら、胸をせりだして、反対に腰を引く。

たまらなくなって、右手をおろしていき、翳りの底をとらえた。

猫の毛のように柔らかな繊毛の下で、湿った恥肉が息づいていた。そこに中指を添えると、狭間がぐちゅっと割れて、なかのぬかるみを感じる。

（こんなに濡らして……）

いかに美沙子が自分を求めていたかが伝わってきて、吉彦も勇み立った。

カチカチになった乳首を舐め転がしながら、右手で繊毛の底をかわいがる。

それとわかるほどに、恥肉が濡れてきて、美沙子は下腹部をもどかしそうにせりあげたり、左右によじったりする。

吉彦はキスをおろしていき、腹部や脇腹に接吻する。

「あっ……あっ……」

美沙子は若鮎のように撥ねながらも、手の甲を口に添えて身悶えをする。

その敏感な肉体に背中を押されて、吉彦は先を急いだ。

すらりとした足の間にしゃがみ、腰の下に枕を置いて、舐めやすくする。持ちあがってきた女の花園は、肌や乳首の色と同じで、全体がピンクがかっていた。

唇と同様に肉びらもふっくらとして、フリルのように波打ち、その縁にわずかな着色があった。

「……あまり見ないでください」

美沙子が羞恥に足を閉じようとする。

「大丈夫。きれいだよ、美沙子のここは。こうしたくなる」

吉彦は顔を寄せて、狭間を舐めた。舌を下から上へと走らせると、

「ぁあああっ……！」

美沙子は吉彦がびっくりするほどの嬌声をあげて、顎をいっぱいにせりあげた。

すぐに、自分の洩らした喘ぎ声の大きさに気づいたのだろう。

「ゴメンなさい。本当にひさしぶりだから……」

と、恥じらう。

「いいんだよ。感じてくれたほうが……。きみが俺を愛して、気を許してくれること の証だからね」

吉彦は恥丘越しに美沙子を見た。

「ありがとうございます……吉彦さん、本当におやさしいんですね」

「……きみが好きなんだよ。美沙子は美人だし、しっかりしているし、俺のパートナーに相応しい」

吉彦はふたたび狭間を舐めた。

舌を這わせるたびに、肉びらがひろがり、内部の赤みが徐々に見えてきた。濃いピンクの粘膜はたっぷりの愛蜜に覆われて、ぬめ光っている。

舌を差し込むようにして、内部を深くなぞる。わずかな味覚を感じつつ、粘膜を擦

りあげていくと、

「ぁああ、あああぁ……」

美沙子は顔をのけぞらせて、心から感じている声を洩らす。

「気持ちいいか？」

顔を接したまま訊いた。

「はい。気持ちいいです」

「これは？」

狭間を舐めあげていって、その勢いのまま、上方の肉芽をピンと弾いた。

「あっ……！」

美沙子はがくんとして、ぐんと身体を反らせる。

吉彦はクリトリスをつづけざまに愛玩した。雨合羽《あまがっぱ》をかぶったような肉芽をゆっくりと舐めあげると、

「ぁあああ……あっ、あっ」

美沙子は鋭く反応して、びくん、びくんと震える。

（やはり、すごく感じやすいんだな。とくに、ここが……）

肉芽の上方を指で引っ張ると、くるっと包皮が剝けて、赤珊瑚《さんご》色の本体が現れた。

小さな肉真珠を慎重に舐める。上下に大きくなぞりあげ、左右に細かく弾いた。

「んっ、んっ……ぁあああ、ダメッ……」

美沙子が今にも泣きださんばかりの顔で、吉彦を見る。

アーモンド形の目が、涙ぐんだように潤んでいる。

「やめようか？」

訊くと、美沙子は首を左右に振る。

「つづけていいんだね？」

「はい……でも、わたしがどうなっても、軽蔑なさらないでくださいね」

「するわけがない。言っただろ？　きみが感じてくれたほうが、うれしいんだ。いいんだよ、感じて」

吉彦は言い聞かせて、ふたたび肉芽を攻めた。

周囲を引っ張って、剝き出しになったクリトリスを丁寧に舐める。上下左右に舌を走らせ、時々吸う。吐きだして、また転がす。

それを繰り返しているうちに、美沙子はもうどうしていいのかわからないといった様子で、腰をくねらせ、両手でシーツを鷲づかみにして、

「んんっ、んんんっ、ぁあうぅ、はうぅぅ」

と、さしせまった声を放ち、すっきりした眉を八の字に折る。

吉彦の分身はギンといきりたち、その充溢感が吉彦に先を急がした。もっと、じっくりと愛撫をしたかった。だが、もう限界だった。

美沙子も充分に受け入れる態勢がととのっているように見える。

吉彦は顔をあげ、上体を立て、美沙子の膝をすくいあげた。腰枕はしたままだが、このほうが深く挿入できるはずだ。

ひろがった左右の太腿の奥に、長方形の翳りがびっしりと密生していて、その下でピンクの肉びらが花開いている。

右手で屹立を導き、濡れ花の芯をさぐった。

窪地に押し当てて、ゆっくりと押していくと、硬直がとても狭い入口を突破して、内部を押し広げていく感触があって、

「はうぅぅ……！」

美沙子が両手を開いて、シーツをつかんだ。

「おっ、くっ！」

と、吉彦も奥歯を食いしばらなければいけなかった。

それほどに、美沙子の体内は窮屈で、しかも、粘膜がうごめきながら、硬直を内へ

内へと手繰り寄せようとする。

（おおぅ……すごい！）

これほどに具合のいい膣は初めてだ。

少しでも動けば、あっと言う間に放ってしまいそうで、吉彦はしばらくそのままじっとしていた。

その間も、美沙子の体内は波打ちながら、からみついてくる。そのうごめきに耐えながら、

（俺はようやく、美沙子とひとつになれた。放さないからな、何があっても）

吉彦は決意をあらたにする。

馴染んできたのを確認して、慎重に腰をつかう。

強くピストンすればすぐに爆ぜてしまいそうだ。じっくりと抜き差しをする。

まったりとした粘膜がからみついてきた。それを押し退《の》けるように、屹立を出し入れすると、

「あんっ……あんっ……あうぅぅ」

美沙子はあえかな喘ぎを洩らし、恥ずかしいとばかりに手の甲を口に当てた。そうすると、右の腋の下があらわになり、そのつるっとした腋窩《えきか》が丸見えだった。

腋をさらしながら、たわわな乳房をぶるん、ぶるんと揺らせる美沙子の、あられもない姿が吉彦をいっそう駆り立てる。

徐々にストロークのピッチをあげていく。

それにつれて、挿入も深くなり、切っ先が奥まで届くと、

「あんっ……！　ぁああ……あんっ！」

美沙子は甲高い喘ぎをスタッカートさせて、顔を大きくのけぞらせる。

仄白い喉元を反らせて、両手でシーツを鷲づかみにしている。

揺れる乳房、大きくM字開脚したすらりとした足、翳りの底に突き刺さっていく蜜まみれの肉棒──。

両膝の裏をつかむ指に知らずしらずのうちに、力がこもる。

美沙子が高まっていく姿を見つめながら、強く打ち込んだ。反動をつけた一撃を叩き込み、途中からすくいあげるようにする。

パンパンに張った亀頭部が窮屈な肉路を擦りながら、突きあげていき、奥へと届いているという実感が湧く。

つづけざまに打ち込んだとき、ふいに射精しかけて、吉彦はストロークを止めた。

この体勢では、すぐに出してしまう。だが、もっと美沙子を愛したい。絶頂へと導

きたい。

両手を膝から離して、覆いかぶさっていく。美沙子は両足をM字に開いて、吉彦の屹立を深いところに受け入れている。

吉彦は下腹部でつながったまま、キスをした。

ちゅっ、ちゅっとついばみ、唇を重ねていく。上唇と下唇を挟むようにして接吻すると、美沙子が自分から唇を合わせてきた。

イチモツを下の口に咥え込んだまま、長い腕を巻きつけるようにして吉彦を抱き寄せ、情熱的に唇を重ねてくる。

吉彦が舌を差し込むと、ぬるっとした舌がからみついてきた。

美沙子の舌の下側を尖らせた舌でちろちろとくすぐった。すると、美沙子も同じように、吉彦の舌の下側を舌で擦ってきた。

甘い快美が下半身にも流れて、吉彦はディープキスをしながら、腰を動かす。

じっくりと擦りあげると、

「んっ……んっ……んんんんっ」

美沙子はくぐもった声を洩らしていたが、やがて、キスをしていられなくなったのか、かるくのけぞって、

「あんっ……あんっ……いいの。吉彦さん、気持ちいい」

吉彦をとろんとした目で見あげてくる。

職場では決して見せない、その情欲をあらわにした潤んだ瞳が、吉彦をいっそうその気にさせる。

「美沙子、好きだよ」

もう一度、気持ちを伝えて、右手を肩口からまわし、首の後ろを抱き寄せながら、腰をつかった。

二人の身体が合わさって、肌と肌が密着している。美沙子の豊かな乳房も感じる。

腰をつかいながら、耳を舐めた。

耳殻《じかく》に沿って舌を走らせると、

「あんっ……！」

美沙子は短く喘ぎ、びくっとする。

「くすぐったい？」

「ええ……でも、気持ちいい。ぞくぞくします」

美沙子が潤んだ目を向けてくる。

それならば、と吉彦は左右の耳を交互に舐める。耳殻に舌を走らせるたびに、

「あっ……！」

美沙子が喘ぎ、同時に、膣がぎゅっと締まって、硬直を締めつけてくる。

これ以上締められたら、暴発しかねない。

吉彦は腕立て伏せの形で、腰をつかう。

美沙子の表情を見ながら、両膝を開いて、膝の内側をシーツに擦りつけるようにして、えぐっていく。

美沙子は恥ずかしそうに顔をそむけながら、吉彦の立てた腕にしがみいて、

「あっ……あっ……ぁあああ、気持ちいい……わたし、おかしくなる。気持ち良すぎて、おかしくなる」

のけぞりながら、訴えてくる。

「いいんだよ。それでいいんだ。おかしくなるくらいに感じてほしい」

吉彦は乳房をぎゅっとつかんだ。

「あっ……」

美沙子がびくっとしたので、さらに強くつかんで、指を乳肌に食い込ませた。

「ぁあああぅぅ……！」

美沙子の表情が崩れた。今にも泣きだささんばかりに、眉根を寄せている。

「いいんだね?」

「はい……いいの。ぁあああ、突いて……美沙子をメチャメチャにして」

美沙子が訴えてくる。

吉彦は右手でたわわなふくらみを揉みしだきながら、左手で美沙子の足をつかんで伸ばさせ、その姿勢で腰を躍らせる。

「あんっ、あんっ、あっ……ぁああ、恥ずかしい。吉彦さん、わたし、もうイッちゃう」

美沙子が泣き顔で訴えてくる。

「いいんだよ、イッて……ぁああ、俺もイキそうだ」

下腹部の熱い塊がふくらんできていた。

「ああ、ください。大丈夫な日だから。ください……」

吉彦はスパートした。

乳房を揉みしだき、片足に体重を乗せる。美沙子の腰があがってきて、打ち込むペニスと持ちあがった膣の角度がぴったり合って、ギンギンになった分身が美沙子の膣を奥まで突き刺しているのがわかる。

歯を食いしばって、ピッチをあげた。

「あんっ、あんっ、あんっ……ぁあああ、イキます。イッていいですか？」

美沙子が潤みきった瞳を向けてくる。

「いいよ。イッていいよ。俺も出すよ」

つづけざまに打ち据えたとき、

「んっ、んっ、んっ……ぁあああ、イキます。イク、イク、イっちゃう……やあああぁぁぁぁぁぁ！　はうっ！」

美沙子が最後は生臭い声を洩らして、大きく顔をのけぞらせた。シーツを鷲づかみにしながら、胸をせりあげ、腰をがくん、がくんと波打たせる。

愛おしい女が昇りつめたのを見届けて、駄目押しとばかりに打ち込んだとき、吉彦も熱い男液を放っていた。

3

二人はシャワーを浴びて、裸でベッドに横たわっていた。

「初めてなのに、あんなになって……恥ずかしいわ」

美沙子が背中を向ける形で、ぼそっと言う。

「うれしかったよ。美沙子が感じてくれて……恥ずかしがらなくていい。こっちに……」

これと決めた女との情交が上手くいったことに、吉彦は満足を覚えていた。

抱き寄せると、美沙子は吉彦の二の腕と肩の中間地点に横顔を乗せて、手をそっと胸板に置く。それから、静かに胸板をなぞりはじめる。

「結婚しよう」

吉彦が言うと、

「……わたしのような者でよければ……」

美沙子がぎゅっとしがみついてくる。

吉彦はさらさらの黒髪を撫で、その手を肩から乳房へとおろしていく。

柔らかなふくらみをつかむと、

「んっ……」

美沙子がびくっとした。

「きみともう一度したい。大丈夫か？」

「はい……」

「今度は、美沙子のほうからしてくれないか？」

「でも、きっと下手ですよ」

「いいんだよ。俺がそうしてくれと言っているんだから」

美沙子はうなずいて、身体を起こし、胸板に顔を寄せた。這うような姿勢で、吉彦の首すじからキスをおろしていき、小豆色の乳首をついばんでくる。

ちゅっ、ちゅっとキスをして、口のなかで舌を走らせた。

くすぐったさと紙一重のぞくぞく感が走り抜けて、

「ああ、気持ちいいよ」

思わず言うと、美沙子はかるくウエーブした髪をかきあげて、はにかむように吉彦を見た。

「それで、いいんだよ。乳首を舐めながら、あそこを触ってくれないか?」

「はい……こうですか?」

美沙子が右手をおろしていって、下腹部のそれに触れた。イチモツはすでに硬くなりはじめている。

「そうだ。それでいい……」

乳首をつるっとした舌で舐められながら、分身の裏筋を指腹でなぞりあげられるうち、それは芯が通ったようにギンとしてきた。

すると、美沙子は硬直を握り、おずおずとしごく。上下に擦りながら、乳首を舌でちろちろとあやしてくる。そうしながら、乳首をあやす。

(美沙子は言えば何でもしてくれるんだな……この従順さが好きだ)

吉彦はうっとりとして、もたらされる快感に酔いしれた。それから、思い切って言ってみた。

「美沙子、ゴメン。あそこを口でしてくれないか?」

うなずいて、美沙子は身体を起こした。

吉彦の伸ばした足の間にしゃがみ、ジャングルを突いていきりたつものに顔を寄せてくる。亀頭部にちゅっ、ちゅっとやさしくキスをする。

窄《すぼ》めた唇を亀頭部に押しつけながら、髪をかきあげて、吉彦を見あげてくる。その恥じらいながらも笑みを浮かべた表情にドキッとした。

美沙子はすぐに目を伏せて、亀頭冠にそって舌を走らせた。

真裏にある包皮小帯を、ちろちろと舌でくすぐってくる。

それから、いきりたつものに指を添え、裏筋を舐めてくる。ツーッ、ツーッと裏筋に沿って、舌を往復させる。

舐めあげてきて、そのまま頬張ってきた。

上から唇をかぶせて、途中まで含んだ。途中から亀頭部にかけて、ゆっくりと唇をすべらせる。

そうしながらも、根元を握った指を、同じリズムでしごいてくる。

ジーンとした痺れに似た快感がうねりあがってきて、吉彦は唸った。

同じようなことをされても、愛する女にされると、感じ方がまったく違う。

吉彦はうっとりと酔いしれながらも、されたくなったことを口に出した。

「上手だよ。今度は、指を離して、口だけでしてくれないか？」

美沙子は頬張ったまままちらりと見あげて、うなずき、指を離した。

それから、両手を吉彦の太腿に添えて、口だけで頬張ってくる。

少しずつ深く唇をかぶせ、ついには、根元までおさめた。そこから、静かに唇を引きあげていく。

大きなストロークでゆったりと顔を振る。

何度も唇を往復させるので、枝垂《しだ》れ落ちた長い髪の毛先が鼠蹊部に触れて、それが気持ちいい。

美沙子は長い髪をかきあげて、ちらりと見あげてきた。

吉彦の表情を見て、察したのだろう。いきなり深く頬張ってくる。

今度はさっきより奥まで咥《くわ》え込み、切っ先が喉に触れたのだろう。

ぐふっ、ぐふっと噎《む》せた。

だが、美沙子は臆することなく、もっとできるとばかりにさらに深く頬張った。陰毛に唇が接するまで咥え込み、ふたたび噎せた。

相当苦しいはずだ。にもかかわらず、美沙子は必死にディープスロートしている。

「美沙子、無理しなくてもいいんだぞ」

可哀相になって、言った。

それでも、美沙子はやめない。つらそうに眉根を寄せながらも、バキュームしてくれる。

左右の頬が深く凹み、いかに美沙子が強く吸っているのかがわかる。

美沙子はセックスでも根性がある。仕事と同じだ。吉彦を悦ばそうと、必死なのだ。

バキュームしながら、美沙子はゆったりと顔を振りはじめた。

ギンとした肉棹に適度な圧力をかけて、唇を往復させる。ストロークが止まったと思うと、何かが下のほうにまとわりついてくる。

美沙子の舌だった。肉柱の下に潜り込んでいる舌が、裏側を擦りながらからみついてきて、ぐっと快感が高まる。

フェラチオされて、これほど舌の動きを感じたのは、初めてだった。

美沙子は舌を使いながら、ゆったりとストロークをする。舌と唇の感触が相まって、

「ああ、気持ちいいよ」

思わず天井を仰いだ。

すると、美沙子はさらにストロークのピッチをあげたので、ぐちゅ、ぐちゅという卑猥な唾音が聞こえ、快感がさらに高まった。

それがわかったのだろう、美沙子は浅く咥えて、亀頭冠に唇を引っかけるようにして、素早く顔を打ち振る。

「ああ、ダメだ。出てしまう……その前に、美沙子ともう一度したい」

吉彦はぎりぎりになって、言う。

美沙子はちゅるっと肉柱を吐きだして、どうしたらいいですかという顔で吉彦を見た。

「悪いが、上になってくれないか？　きみが腰を振る姿を見たい」

「……上手くないですよ、きっと」

「大丈夫だ。あまり上手すぎても、かえって戸惑う」

言うと、美沙子は口角を吊りあげた。それから、吉彦の下半身をまたぎ、

「あまり見ないでくださいね」

そう言って、腰を落とした。

いきりたちに指を添えて、M字開脚した太腿の奥に、屹立の先を擦りつけた。すでに女の花芯は潤みきっていて、ぬるり、ぬるりとすべる。

4

美沙子は屹立を中心に押し当てて、慎重に沈み込んでくる。

亀頭部が狭いとば口を押し広げていき、熱い滾《たぎ》りに包まれていく。美沙子は奥まで迎え入れて、

「あうぅぅ……！」

色白の裸身をのけぞらせた。

吉彦も分身を温かい粘膜で包みこまれる心地よさを味わう。目を瞑《つむ》りたくなるのをこらえて、美沙子を見た。

顔をのけぞらせて、男のシンボルを迎え入れた悦びを眉間のあたりに表している。

かるくウエーブした長い髪が顔を半ば隠し、髪が垂れ落ちる乳房は仄白く、たわわ

で、ツンと上を向いた乳首は透き通るようなピンクだ。

適度にくびれたウエストから、大きなヒップが急峻な角度でひろがって、両膝をシーツにぺたんとついていた。

吉彦がじっとしていると、美沙子が腰を振りはじめた。

漆黒の翳りに嵌まり込んでいる肉柱を軸にして、ゆっくりと腰を前後に揺り動かす。

「ぁああ、ああああ……」

慎ましい喘ぎを洩らして、顔をのけぞらせている。

少しずつ腰の動きが大きく、速くなり、

「いやっ……見ないで。ぁああ、あうぅぅ」

美沙子は大きく腰を後ろに引いて、せりだしてくる。

フラダンスでもしているようなスムーズで、大胆な腰づかいになって、

「ぁああ、見ないでください……ぁああ、恥ずかしい……見ないで」

そう口では言いながらも、腰振りはいっそう激しさを増した。

「いや、いや……止まらないの。止まらない……ぁああ、吉彦さん、お願い。突いてください。これ以上、させないで……」

美沙子が哀切に訴えてくる。

「膝を立てて、開いてごらん」

吉彦が言うと、美沙子はおずおずと膝を立てて、M字開脚した。

美沙子の両手を、吉彦の胸板に突かせておいて、吉彦は腰を撥ねあげてやる。

M字開脚した太腿の奥を、怒張が突きあげて、

「あっ……あんっ……ぁあんん……！」

美沙子が甲高い声を放って、すっきりした眉を八の字に折った。

その快感なのか、苦しいのか判然としない表情が、吉彦をいっそうその気にさせる。

強烈な欲望に駆り立てられて、吉彦はつづけざまに腰を撥ねあげる。

こちらを向いた乳房が波打って、長い髪も乱れる。

M字に開いたむっちりとした太腿がぶるぶると震えはじめた。

「ぁあああ、イキそう……吉彦さん、わたし、またイク……いいですか？ イッていいですか？」

「イッていいぞ」

「はい……あんっ、あんっ、あんっ……ぁあああ、イクぅ……はうっ！」

美沙子ががくん、がんと震えながら、どっと前に突っ伏してきた。

吉彦に身体を預け、折り重なるようにして、痙攣している。

（すごい女だ。すごく敏感な身体をしている。こんなに激しく気を遣る女は初めてだ）

吉彦はまだ放っていない。

そして、昇りつめて、失神したような美沙子を感じると、もっと追い込みたくなる。ふたたび意欲が湧いてきて、ぐったりとした美沙子を抱き寄せて、下から突きあげた。

背中と腰を引き寄せて、思い切り腰を撥ねあげる。いきりたちが斜め上方に向かって、膣を擦りあげていき、

「あっ、また……いや、いや……ぁあぅ、あんっ、あんっ……」

美沙子はすぐに回復して、喘ぎを撥ねさせる。

「キスしよう」

言うと、美沙子は上から唇を重ねてきた。

吉彦も唇を重ね、舌を差し込んだ。すぐに、女の舌がからみついてくる。ディープキスをしながら、下から突きあげてやる。

つづけさまに撥ねあげると、美沙子は必死にキスをしながら、

「んっ、んっ、んんんんっ……」

と、くぐもった声を洩らし、吉彦の頭部にしがみついてきた。

吉彦が大きく、速いストロークを叩き込むと、

「ぁあぁ、ゴメンなさい。また、また、イクかもしれない」

美沙子が顔をあげて、さしせまった顔をする。

「よし、体位を変えよう」

吉彦は下から抜け出て、指示をする。

「這ってくれないか?」

「はい……」

美沙子はうなずいて、緩慢な動作でベッドに両手と両膝を突いた。

後ろにまわった吉彦は、美沙子に両膝を開けさせて、挿入しやすくする。

言われるままに、足を大きく開いた美沙子の、シミひとつない背中のしなったラインがセクシーだった。

この女豹のポーズが似合うのは、身体が柔軟で、ウエストがくびれて、尻が発達しているからだろう。

ハート形の尻たぶの底に、濃い翳りを背景にして女の洞穴がわずかに口をのぞかせている。

土手高で、左右の豊かな肉びらの切れ目に、鮮紅色の粘膜がぬらぬらと光っている。

吉彦は猛りたっているものを切れ目に押し当てて、なぞった。ぬるっ、ぬるっとすべって、それだけで、

「ぁああ、あああぅぅ」

美沙子が腰を前後にくねらせる。

その無意識に動いてしまうだろう腰が、吉彦を昂らせる。

狙いをつけて、押し込んでいく。

亀頭部が入口を押し広げていき、温かい内部に潜り込んでいくと、

「はうぅぅ……！」

美沙子がいっそう背中をしならせた。

熱い滾りがまとわりついてくるのを感じながら、吉彦は腰をつかう。両手で細腰をつかみ寄せて、ゆったりと打ち込んでいく。

バックからだと、抵抗なく切っ先が奥に届くのがわかる。

ずりゅっ、ずりゅっとストロークをするたびに、

「あっ……あんっ……あんっ！」

美沙子は喘ぎ声をスタッカートさせる。

たまらなくなって、吉彦は右手を伸ばし、脇のほうからまわし込んで、乳房をとらえた。

量感あふれる乳房が揉むたびに指に吸いついてくる。荒々しく揉みしだき、明らかにそこだけが硬くなっている乳首をつまんで、転がした。強めに捏《こ》ねると、

「ぁああ、ああああ……」

美沙子は自分から腰を後ろに突き出してくる。

こうしてほしいのだろうと、屹立を押し込むと、

「ぁあああ、いいんです……！」

美沙子は歓迎するように言って、さらに、腰を後ろにせりだしてくる。

吉彦は片方の膝を立てて、前に踏み出し、動きやすくして、腰をつかった。ぐいぐいとえぐり込みながら、乳房を荒々しく揉みしだく。

美沙子はいつの間にか、両手を前に投げ出して姿勢を低くして、尻だけを高く持ちあげた姿勢で、抽送を受け止めている。

さっきもそうだった。乳房を強く揉まれて男根を受け入れると感じるのだろう。

「あんっ、あんっ、あんっ……ぁあああ、おかしくなる。わたし、おかしくなる……」

美沙子はさしせまった声をあげて、顔をのけぞらせながら、シーツを指で鷲づかみにしている。

吉彦も性感の高まりを感じていた。

だが、射精するときは、美沙子の顔を見ながら放ちたい。

いったん結合を外して、美沙子を仰向けに寝させた。膝をすくいあげて、蜜まみれのイチモツを打ち込んでいく。

「ぁああ、すごい……吉彦さん、すごい」

美沙子がとろんとした目で見あげてきた。その潤みきって、どこを見ているのかわからないようなぼうっとした目がたまらなかった。

覆いかぶさっていき、乳房をとらえた。気持ちを込めて、揉みしだくと、

「ぁあああ、気持ちいい……吉彦さん、気持ちいい……」

美沙子はうっとりとして顔をのけぞらせる。

吉彦もそろそろ限界を迎えていた。

もっと強く打ち込みたくなって、上体を立てた。そして、美沙子の膝をすくいあげて、押さえつけながら、打ちおろしていく。

「あんっ、あんっ……ぁあああ、恥ずかしい。わたし、またイッちゃう！」

美沙子がぼうとした目を向ける。

「自分で胸を揉んでごらん。そのまま、イッていいから。俺も出す」

言うと、美沙子はもうイキたくてしょうがないのだろう。

両手で乳房をぐっとつかんで、指を食い込ませる。そうやって、全体を荒々しく揉みしだく。

それを見て、吉彦は両膝を押さえつけながら、いっそう開かせ、屹立を押し込んでいく。徐々に深いところに届かせると、

「あんっ、あんっ、あんっ……ぁあああ、イキます。ください。吉彦さんも出して……」

目を細めて、吉彦を見た。

「行くぞ。美沙子、行くぞ」

吉彦もスパートした。

息を詰めて、つづけざまに叩き込み、しゃくりあげる。それを繰り返していると、射精前に感じるあの逼迫《ひっぱく》した感覚がさしせまったものになった。

「あんっ、あん、あんっ……」

美沙子は甲高く喘ぎながら、自らの乳房をぎゅっと鷲づかみにしている。今だとば

かりに強く叩き込んだとき、

「ぁあああ、イキます。イク、イク、イッちゃう……いやぁあああぁぁぁぁ！」

美沙子は部屋に響きわたるような声をあげて、のけぞった。のけぞりながらも、ぎゅっと乳房をつかんでいる。

昇りつめたのを見届けて、もう一太刀浴びせたとき、吉彦も熱い男液を放っていた。

熱い快感の塊が背筋から脳天にまで貫き、しぶかせるたびに、腰が痙攣する。

二度目の射精だというのに、いったんやんだ放出がまたつづき、吉彦は下腹部を膣に押しつけつづけている。

終えたときには、精根尽き果てていて、吉彦はぐったりして、女体に覆いかぶさった。

はぁはぁはぁと、荒い息がちっとも止まらない。

息がととのいかけたとき、美沙子が吉彦の髪を撫でてくる。

そのとき、吉彦は美沙子を一生の伴侶とすることに決めた。

第二章　祖父の検査

1

その後、美沙子は吉彦に竜崎家に招待され、祖父の勝利《かつとし》と父の崇史《たかし》に、結婚を考えている相手として、紹介された。

義父になるはずの崇史の反応は想定どおりで、崇史はこう言った。

「ダメだ。竜崎家に入る女は、父か祖父が決めた相手と決まっている。とくに、吉彦はひとり息子だ。うちを継がなければいけない。高階さんの父親は地元の何の変哲もない会社に勤める会社員だそうだな。そんな平民をうちに入れるわけにはいかない。悪いが、二人の結婚を認めるわけにはいかんな」

美沙子はさすがに憤りを感じた。

相変わらず、社長は高圧的だ。竜崎崇史は五十六歳で、S不動産の社長をしているのだが、ワンマン経営で、社員のなかには社長に反感を抱いている者も多い。

これまでも、吉彦は地元の有名企業の娘との縁談を何件か勧められたが、すべて断ってきたと言う。それもあって、崇史は吉彦には冷たく、高圧的なのだろう。そして、美沙子にはそれ以上に当たりが強い。

美沙子の苛立ちを感じたのか、

「家柄なんて、関係ないだろ？　だいたい政略結婚なんて、上手くいった例しがない。父さんや祖父さんだって、そうだったじゃないか？」

吉彦がきっぱりと言った。

吉彦はこれまで、父や祖父の結婚生活が破綻するのを、この目で見てきたと言っていた。面と向かって言いにくいことを、きちんと主張できる吉彦は、やはり見込んだとおり、信頼できる男だ。

「美沙子さんはすごく優秀な人だ。ビジネス面でも、俺を助けてくれている。この人がいるからこそ、今、うちの課の成績はあがっているんだ。うちに入っても、充分にやっていける。それに、俺は美沙子さんが好きだ。心から愛している。美沙子さん以外となら、俺は結婚しない。頼む、認めてください」

吉彦が頭をさげる。美沙子も立ちあがって、頭をさげた。

だが、崇史は頑として、それを拒んだ。

「ダメだ」

「それなら、俺は竜崎家を出る」

断固とした決意を示した吉彦を、頼もしい存在に感じて、胸が熱くなった。

そのとき、吉彦の祖父である勝利が言った。

「吉彦がそこまで言うんだから、きっと美沙子さんは優秀な人なんだろう。だが、それは恋にとち狂ったお前の見る目が誤っている可能性だってある。結婚を決める前に、美沙子さんに花嫁修業として、ある期間、うちに来てもらおうじゃないか？　それで、家族がお前の嫁として相応しいと判断したときは、結婚を認めよう。だが、相応しくないと判断したときは、結婚を諦めろ。それで、どうだ？」

勝利は現在八十二歳で、会社の会長をしているが、現実的にはほとんど隠居状態だと聞いている。

老衰が進んで、今では一日の半分はベッドの上で過ごしているらしいのだが、頭のほうはいまだに明晰で、認知症などの兆候はないと聞いていたが、そのとおりだった。

「美沙子さんは、どうだ?」

勝利が白髪をかきあげて、美沙子を見た。

美沙子には、勝利が助け船を出してくれているように感じた。わずかなチャンスでも逃したくはなかった。

「……それで、よろしいです。チャンスをくださって、ありがとうございます。竜崎家のみなさまに認められるように、努力いたします」

美沙子はきっぱりと言う。

勝利が息子を見た。

「崇史はどうだ?」

「相変わらず父さんは、甘いな。どうするかな……」

崇史は美沙子の頭のてっぺんから爪先まで舐めるように視線を這わせる。その値踏みされるような悪寒で鳥肌が立った。

「わかった。ここは父さんの案を採用しよう。ただし、会社が終わってうちに来るんじゃあ、適性検査の時間がなさすぎる。会社を辞めてから、来い。結婚するとなれば、当然、会社を退社することになるんだから、同じことだろう? だが、竜崎家が嫁に求めるレベルは高い。非常に厳しい。不合格になる確率は高いぞ。そのときは、あんたは吉彦も会社も失うことになる。それでも、来られるか？」

崇史がねめつけるように美沙子を見た。

「……はい、そのようにいたします。会社を辞めて、竜崎家に来ます。竜崎家に相応しくない女だと判断されたときは、吉彦さんとも別れます」

美沙子も負けじと、言い返していた。

「顔に似合わず、気が強いな。いいだろう、愉しみだよ。あんたが泣きっ面でこの家を出て行く姿が見えるようだよ」

崇史が嘲るように笑い、

「じゃあ、そういうことにしよう」

勝利が立ちあがり、杖を突きながら、部屋を出る。崇史も席を立った。

部屋に二人きりになって、吉彦が近づいてきた。肩に手をまわして、心配そうに言った。

「大丈夫か？　相当、厳しい花嫁修業になるぞ。父や祖父は美沙子を追い出そうと、あくどいことを仕掛けてくる。決まってしまったことだが、美沙子には勧められない。今から断ってもいいんだぞ。きみのことが心配だ」

あくどいことが何を示すのか、わからなかった。しかし、これまでにも仕事であくどいことは体験している。ちょっとやそっとのことでは、負けないという自信があった。

「大丈夫ですよ。吉彦さんと一緒なら、わたしは負けません。ああ言われたら、受けるしかないです。他に、二人を説得する方法がありますか？」

「……今のところ、思いつかない」

「でしたら、わたしを信じてください。わたしは吉彦さんと結婚できるなら、何だってします。大丈夫。上手くやってみせます」

そう言って、美沙子はじっと吉彦を見た。

「わかった。ゴメンな」

吉彦さんがぎゅっと抱きしめてくれた。

「吉彦さんがいれば、大丈夫です」

美沙子は頼りがいのある吉彦に、身を任せた。

一カ月後に、S不動産を退社した美沙子は、竜崎家にやってきた。

期間は二週間で、美沙子は二階の吉彦の隣の部屋を割り当てられた。まだ結婚すると決まったわけではないから、寝室は別だった。

寂しいと感じたが、仕方のないことだった。

そして、引っ越した当日から、美沙子は休む間もなく、働かされた。

まずは、崇史の妻である祐子《ゆうこ》に、部屋を案内してもらった。祐子は四十二歳で、離婚された元の妻の後で、つまり後妻として竜崎家に迎え入れられたのだと、吉彦からは聞いていた。

着物の似合う、おっとりした美人だったが、言葉の端々からは、美沙子に対する軽蔑のようなものが感じられた。

祐子から告げられた竜崎家のルールは、まさに男尊女卑を絵に描いたようなものだった。

朝、夫がハミガキをするときは、夫の歯ブラシに歯磨き粉を載せて、渡し、顔を洗い終えたら、タオルを差し出す。

食事は住み込みの家政婦がいて、彼女が基本的には料理をするのだが、美沙子は彼女とともに料理を作って、竜崎家の味付けをマスターし、彼女がいないときには美沙子が食事を作らなければいけない。

男を送り出してからも、竜崎家の女は休むことを許されず、掃除、洗濯などの家事を家政婦の指導のもとでする。

夫の帰宅時には、たとえどんなに遅くなっても、必ず出迎えなければいけない。お風呂ももちろん男たちの前には入ってはならない。等々——。

旧《ふる》すぎるしきたりだったが、吉彦のことを考えたら、さほど苦にはならない。たとえば、吉彦の歯ブラシに歯磨き粉をつけ、洗顔後にタオルを差し出すことは、むしろ、わくわくする。

驚いたのは、その家政婦が若い二十三歳の女性だったことだ。

柴田心春《しばたこはる》は大学の家政学部で食物学科を専攻していて、S不動産でアルバイトをしていたときに、崇史に気に入られて、大学を卒業後にすぐに竜崎家の住み込みの家政婦として雇われたのだと言う。

ミドルレングスの頭髪が落ちないように、頭に三角巾をかぶり、常に胸かけエプロンをつけていた。

小柄だが、目がくりっとしていて、エプロンの上からでも胸の大きさがわかった。

一見、男好きのする外見だったが、彼女に掃除や料理を指導されて、わかったのは、心春が完璧な家事のプロであることだ。

美沙子は自分が母から教わったことが、いかにいい加減だったかを痛感した。

一日中働きづめでくたくたになって、部屋で横になっていると、部屋をノックする音がして、パジャマ姿の吉彦が入ってきた。

「大変だっただろう。大丈夫か？」

吉彦に訊かれて、

「ええ、大丈夫です……会社で吉彦さんのもとで鍛えられてきたから、このくらい何でもありません。それに、家政婦の心春さん、随分と勉強になりました。わたしも彼女に負けない家事のプロになろうと思いました」

言うと、吉彦がそっと抱いてくれた。

「よかった。まだまだ、これからだからな……」

吉彦が顔を傾けながら、唇を寄せてきたので、美沙子はそれに応えて、唇を合わせる。

すると、今日一日の疲れが吹っ飛び、甘い陶酔感が身体を満たした。

吉彦がパジマの胸をまさぐってきたので、それを止めた。

「今夜はダメ……聞かれるかもしれないし……」

「そうだな。わかった。今夜はなしにしよう。キスだけなら、いいだろう」

吉彦がまた唇を重ねてきた。

（大丈夫。吉彦さんがいてくれるのだから、乗り切れる。認めさせてみせる）

しかし、そのとき美沙子は翌日に待ちうける試練をわかっていなかった。

2

翌日、美沙子は早朝に起きて、心春とともに朝食を作り、吉彦が起きたときには、洗面場に付き添って、歯ブラシに歯磨き粉を載せ、吉彦に手渡した。

「これを聞かされたときは、びっくりしただろう？　いいんだぞ、こんな前時代的なこと、しなくても」

「いえ、むしろ、わくわくしています」

「そうか……よかった」

吉彦は微笑んで、歯を磨きはじめた。美沙子はその姿を後ろに立って見守り、吉彦が嗽《うがい》を終えて、温水で顔を洗った。

その直後に、タオルを差し出すと、

「ああ、ありがとう。タイミングがいいね」

吉彦が言ったので、美沙子はうれしくなった。まるで、新婚時代のようだ。これをいつまでもつづけられるように、頑張らなくては――。

朝食を摂り、会社に出かける吉彦を見送って、午前中の家事を、家政婦の心春に教えてもらいながら、こなした。

「こんなことも、知らないんですか?」

年下の心春に文句を言われながらも、どうにかこなし、昼食を摂って、少し休んだ。

自室で寛いでいると、インターフォンが鳴った。

竜崎家の各室には、玄関と各部屋に通じる内線電話が引いてあった。

受話器を取ると、義祖父になるはずの勝利からだった。

今から、部屋に来てくれないかと言う。少し時間がかかるが、祐子と心春には伝えてあるから、心配するなと。

(時間のかかることって、何かしら?)

美沙子は急いで、階段を降り、一階にある勝利の部屋に向かう。

義祖父にはさほど悪い印象は持っていなかった。一方的に美沙子を拒んだ義父を絶妙な案で説き伏せてくれたことに、むしろ感謝をしていた。

部屋のドアをノックして、

「美沙子ですが」

声をかけると、勝利の声がした。

「ああ、入ってくれ」

ドアを開けて、

「失礼いたします」

挨拶をしながら、部屋に入る。

暖房で十二分に温められた豪華な洋室には、大きな電動式リクライニングベッドが置いてあり、三十度くらい斜めになったベッドに、浴衣の寝間着をつけた勝利が下半身に布団をかぶって、仰臥《ぎょうが》していた。

八十二歳になる勝利は痩身で、頬もこけている。白髪の額は生え際があがっているものの、表情などはいまだに矍鑠《かくしゃく》としている。

五年前に胃癌を患って、社長の座を崇史に譲ったらしい。だが、胃を半分切除する手術は成功し、今は完治しているのだと言う。

勝利が黙っているので、美沙子のほうから訊いた。

「あの……ご用は何でしょうか？」

「……美沙子さん、この部屋は寒いか？」

「いいえ、むしろ、暖かすぎるくらいですが……」

「それなら、いい。悪いが、裸になってくれないか？」

「えっ……？」

美沙子には、今耳にした言葉が信じられない。

「裸になりなさい」

「……どうして、ですか？」

「隣に来て、添い寝してもらえんか？　添い寝は肌と肌が重なり合ったほうが、お互い気持ちが安らぐだろう」

さすがに、美沙子もためらった。

勝利を決して嫌っているわけではない。しかし、それと、裸で添い寝することとは次元が違う。

「俺は美沙子さんの味方だ。聡明なあんたなら、わかっているだろう？」

「はい……」

「だからと言って、あんたを甘やかすつもりはない。竜崎家の嫁は耄碌《もうろく》した義祖父を慰めることが、務めのひとつなんだ。祐子から聞かなかったか？」

「はい……聞いておりません」

「あの女……相変わらず、ダメだな。まあ、いい……とにかく、そういう決まりが我が家にはあるんだ。さあ、裸になって、ここに」

勝利が隣を手で叩いた。苛立っている。

「でも、わたしは裸を吉彦さん以外に見せるのは、いやです」

「……いやなら、それでもいい。ただし、このくらいできないようでは、竜崎家の嫁は務まらん。あんたを合格させることはできん。そうなったら、吉彦と結婚はできないんだぞ。一緒になりたいんだろう。だったら、言うことを聞くことが」

勝利が執念深そうな目でねめつけてきた。

勝利の代に、S不動産は飛躍的に業績を高めたと聞いている。たんなる好々爺《こうこうや》ではできなかっただろう。

（見誤っていたのだ。この人は怖い人だ……）

美沙子は覚悟を決めて言った。

「わかりました。でも、添い寝だけでよろしいですね」

「ああ、わかっている。心配するな。俺ももう八十二歳。あそこが言うことを聞かん」

美沙子は背中を向け、ニットのセーターを脱いで、スカートを落とした。

シルクベージュのスリップ姿になったとき、後ろから勝利の声が聞こえた。

「待て。そのスリップ姿、気に入った。そのまま来なさい。ああ、ブラジャーとパンティは脱ぎなさい」

裸になるよりはましだ。美沙子はブラジャーを抜き取って、スリップのなかに手を入れて、パンティを剝きおろし、足踏みするように抜き取った。

素肌にシルクのスリップをまとう初めての感触に、美沙子はかすかな高揚感を覚えた。

「それでいい。ここに寝なさい」

勝利が右隣を叩いた。

「し、失礼します」

そう言って、美沙子はベッドにあがり、掛け布団のなかに潜り込んだ。すると、勝利が右腕を伸ばして、腕枕してくれる。

「そのまま、こちらを向いて……なるべく、身体をくっつけろ……できたら、右足をここに……」

美沙子が右足を曲げて、勝利の下半身に乗せると、密着感が増す。自分の乳房も腹部も、勝利の体にくっついてしまっている。

「いい感じだ。シルクの感触がたまらんな。それに、美沙子さん、オッパイが大きいね。柔らかくて、立派だ。肌もすべすべだ。色白でもち肌。その上、聡明そうな美人だ。吉彦が骨抜きにされたのもわかる」

そう言って、勝利はスリップから突き出している二の腕から肘にかけて、撫でさすってくる。

ぞくっとしたが、美沙子は声が洩れそうになるのを必死にこらえた。

「二の腕がもちもちだな。俺は女の二の腕の贅肉が好きなんだよ。このゆとりがな……」

「お祖父さま、やめてください……恥ずかしいわ」

「たいがいの女はそう言う。余っている肉を触られるのがいやなんだろう。亡くなった妻もそうだった。じつはな……」

と、勝利が亡妻のことを語りだした。

勝利は親の決めた相手と見合い結婚した。彼女も広い土地を所有する地主のひとり娘だった。

気立てのいい女で、勝利も彼女を愛した。

だが十年後に、彼女の父親が他界して、その遺産相続のごたごたに巻き込まれた彼女は、自ら命を絶ったのだと言う。

「俺がいけなかったんだ。あいつを守ってやれなかった。相続の件だけじゃなくて、我が家の風習もあってな……全部、俺がいけなかったんだ」

そう言って、勝利は嗚咽《おえつ》しだした。細い目から涙がしたたって、頬を濡らした。美沙子は可哀相になって、その涙を指でそっと拭った。

「ご自分を責めないでください。事情がよくわかりませんが、決してお祖父さまのせいではないですよ」

「あんたはやさしいな。気性が亡くなった妻に似ている……あんたを見ていると、こうしたくなる」

腕を撫でさすっていた手がおりていって、腰から尻にかけて、撫でさすってくる。

「んっ……いけません。添い寝だけだと、おっしゃいました」

「わかっている。少しで、いい。あんたを……頼む。大丈夫だ。俺はあれがままならない。あんたは江里子《えりこ》に似ているんだ。頼むよ」

そう言って、勝利は髪を撫で、腰から尻にかけてさすりまわしてくる。

江里子は自殺した亡妻の名前だろう。その名前で呼ばれると、美沙子は抵抗できなくなった。

「可哀相な、お祖父さま……大丈夫ですよ」

美沙子は、勝利のはだけた浴衣の胸板を手で撫でさする。

その間も、尻をさすっていた勝利の手が、前にまわり込んで、太腿を撫でてきた。スリップをまくりあげるようにして、内腿を股間に向けて、なぞりあげられると、

「んっ……！」

美沙子は思わず呻《うめ》き、それを抑えようと手のひらを口に当てた。

「大丈夫だ。女どもには、大切な話をするから、この部屋には近づかないように命じてある。声を出してもいいんだぞ」

勝利が胸にしゃぶりついてきた。

頭部の下から右手を抜き、横臥した美沙子の片方の乳房をスリップ越しに揉みながら、乳首を舐めてくる。

そうしながら、左手では内腿を触るかどうかのフェザータッチでなぞりあげてくる。

愛する男の祖父相手に、絶対に感じてはならない。頭ではわかっている。

それでも、自分でも敏感だと知っている乳首をスリップ越しに巧妙に舐められ、内腿をスーッ、スーッと撫であげられると、自然に身体が反応してしまう。

「んっ……んっ……お祖父さま、いけません。いけま……あぅ！」

美沙子は声をあげてしまい、それを抑えようと手のひらで口を押さえた。

肩紐がさげられ、スリップがぐいと押しさげられる。

片方の乳房がさらされるのを感じて、今度はそこを手で隠した。

勝利は無言で、その手を外して、じかに乳首を舐めてきた。自分でも硬くしこっているとわかる乳首を、下からぬめりとなぞりあげられると、

「うふっ……！」

手のひらと口の隙間から、恥ずかしい喘ぎが洩れでてしまう。

勝利は乳首が敏感だとわかったのだろう。執拗に舐めてくる。

細くて強靭な指を乳肌に食い込ませるようにふくらみを揉みしだき、ますます尖ってきた乳首を舌であやしてくる。

甘い快美の旋律が走り抜けて、美沙子はそれを抑えようと顔をそむけ、奥歯を食いしばった。だが、内腿をなぞっていた指が女の恥部に届いたとき、

「うふっ……！」

美沙子は必死に喘ぎ声を嚙み殺しながら、のけぞっていた。

身体が勝手に反応してしまう。

恥部に押し当てられた指が狭間を這い、もっともデリケートなクリトリスを捏ねられると、抑えきれない快美が押しあがってきた。

女性は愛する男の愛撫にしか反応しないと言う。美沙子もそれを信じてきた。

だが、この抑えようとすればするほどにせりあがってくる快美の波は何なのだろう？

義祖父の境遇に同情して、それが愛情に変わってしまっているのだろうか？

勝利が美沙子をベッドに仰向けに寝かせて、もう片方の肩紐をも外して、スリップを腰までおろした。

あらわになった乳房を、美沙子は両肘で隠し、顔をそむけた。

リクライニングベッドで、上体が少し持ちあがっている。

「いい女だな、あんたは。俺が味方になってやる。俺を怒らせないでくれ。いいな？返事は？」

「はい……」

「それでいい。素直で従順な女はかわいい。男に抗うときは、覚悟を決めて抗え。わかったな？」

「はい……」

そう素直に返事をしたとき、美沙子は胸が熱くなるのを感じた。前からそうだった。吉彦にも「はい」と答えると、幸せを感じた。

胸を隠していた手をつかまれて、ベッドに押さえつけられる。

無防備になった乳房を、勝利が見つめている。その舐めるような視線が、激しい羞恥を呼び起こして、上体をよじる。

だが、とても傘寿《さんじゅ》過ぎとは思えない力で、両腕を押さえつけられて、隠すことができない。

「本当にきれいなオッパイだ。素晴らしい。色白で、乳首もピンクだ。大きいし、形もいい。二十九歳というのは、女の盛りなんだろうな」

褒められても、羞恥心はなくならない。むしろ、強くなる。

勝利が顔を寄せてきた。

乳輪を下からゆっくりと舐めあげてくる。唾液が少ないのだろう。ざらっとした舌で敏感な乳首をなぞりあげられると、

「んあっ……！」

身体が反応してしまう。

勝利は左右の乳首を交互に舐めてくる。右の次は左、左の次は右と巧妙に舐めまわされる。

うねりあがってきた快感が、それ以上進んで行かないもどかしさが込みあげてきた。

吉彦相手なら、もっととせがんでいただろう。

しかし、義祖父相手にそんなはしたないことはできない。

それでも、身体が勝手に動いて、みずから乳房をせりあげていた。

「敏感なんだね。身体が気持ちを裏切って、欲しがっている……いいんだぞ。ここには二人しかいない。たとえあなたがどうなろうと、俺は誰にも言わない。もちろん、吉彦にもな。素直になりなさい。無理に抑える必要はない。大丈夫だ。これは、二人の秘密だ」

勝利は言い聞かせて、顔を横にずらした。

両腕を頭上に押さえつけられて、あらわになっている腋の下をゆっくりと舌でなぞりあげてくる。

「あっ……！」

羞恥に満ちた鮮烈な電流が、身体を駆け抜けていく。

「いやです……そんなところ……！」

シャワーを浴びていないし、朝から働いていたから、きっとそこには汗の痕跡が残っているだろう。

「大丈夫だ。美沙子さんのここはとても芳醇な香りがする。それに、塩気が効いていて、美味しいぞ」

勝利の一言、一言が美沙子の羞恥心を煽り立てる。

それでも、ちろちろっと腋窩に舌が這うと、くすぐったさが、言いようのない快美に変わろうとする。

「ああ、許してください。お祖父さま、もう、許して……」

そう訴えたとき、腋に留まっていた舌が二の腕に這いあがってきた。いきなり、二の腕の裏側に舌をすべらされて、

「ぁあああっ……！」

ぞわぞわっとした戦慄が肌からひろがって、思わず喘いでいた。

贅肉がついていると自覚している二の腕は、腋の下以上に羞恥の対象だった。そこを勝利は執拗に舐めてくる。

猛烈に恥ずかしいのに、その底に、たとえようのない快美が息づいていて、身体が勝手に反応している。

抵抗したくとも両腕を押さえつけられていて、何もできない。その屈伏感がどこか美沙子を安心させる。

二の腕を舐めていた舌が腋の下を経由して、胸に這いあがってきた。

自分でも硬くしこっているとわかる乳首を、チューッと吸われたとき、

「ぁあああうぅぅ……！」

美沙子は自分でもびっくりするような声をあげて、のけぞっていた。

峻烈な快美が身体を走り抜けて、貫く。

（もう、もう、ダメっ……！）

こらえていたものが、堰を切ったようにあふれだしてしまう。

乳首を頬張られ、なかで舌をぶつけられる。上下になぞられ、左右に激しく弾かれると、

「ぁあああ……あっ、あっ……」

意志とは裏腹に快感の声が口を衝いてあふれ、気がついたときは、下腹部をせりあげていた。

勝利が腕を押さえつけていた手を放して、乳房を包み込んできた。自分でも汗ばんでいると感じる乳房を揉みしだきながら、乳首を舌であやしてくる。

乳房を執拗に攻められると、理性の箍《たが》が外れそうになる。いや、もう外れてしまっている。

「ぁあ、あああ……」

美沙子はもたらされる快感に身を任せる。

下腹部に触ってほしくて、自分からもどかしそうに腰をせりあげてしまっている。

勝利の手がおりていった。

シルクベージュのスリップをまくりあげるようにして、太腿の奥をぐいとつかまれて、

「んあっ……！」

自然に、身体がのけぞってしまう。

「濡れているぞ。べちゃべちゃだ」

勝利の勝ち誇ったような言い方が、美沙子を打ちのめす。

濡れているのは自分でもわかる。それを指摘されると、恥ずかしくて恥ずかしくてたまらなくなる。

3

勝利の体がさがっていき、足の間にしゃがんだ。

両手で膝をすくいあげられて、開きながら押さえつけられる。こうすると、あそこが丸見えになるはずだ。

「すごいな。あんたのオマ×コがいやらしく花を咲かせているぞ。信じられないほどのピンクだな。桜にしては大きすぎるし、縦に長い。形としては、むしろ、蘭の花に似ている。ピンクの蘭だな。それとも、食虫花か？」

勝利の言葉なぶりが、ぐさぐさと突き刺さってくる。抵抗したい。足を閉じたい。しかし、強い力で押さえつけられていて、それができない。

勝利の息がそこにかかった。ぬめっとした舌で渓谷をなぞりあげられて、

「はうぅぅ……！」

羞恥とも悦びともつかない声があふれでる。

何度も、狭間を舐めあげられ、陰唇の外側までも舌であやされると、うずうずしてきて、早く、そこに入れてほしくなってしまう。

おびただしい愛蜜を吐きだしているだろう粘膜までも舌で擦られて、腰をせりあげていた。

よく動く舌がクリトリスに届き、女の宿す真珠をじかに舐められたとき、自制心を情欲が超えた。

「ぁあああ……ぁあうぅぅ」

美沙子はこうしたらもっと気持ちが良くなるというやり方で、恥丘を押しつけてい

た。

勝利は肉真珠を執拗に舐めてくる。

V字にした指で肉芽を挟み、少し開いたり閉じたりを繰り返しながら、中心の突起をじかに舌であやしてくる。

なめらかな舌がぬるっと敏感な突起をなぞると、峻烈な快美が下腹部から全身へと走り抜けていく。

八十二歳という年齢がそうさせるのか、焦ることなく、丹念に執拗に、しかも変化をつけて、クリトリスを舐め、転がし、吸う。

これほど時間をかけて、陰核を舐められたことはない。

うずうずした感覚が溜まり、時々、昇りつめそうなほどの峻烈な快美が背中を貫く。

「もう、ぬるぬるだな」

勝利の声が聞こえた。次の瞬間、体内に何かが入り込んできた。

勝利の指だった。

「キツいな。中指一本でもキツキツだ」

ゆったりと抜き差しされていた中指が、天井を奥から入口に向かって、擦っていく。

その指がある箇所に触れたとき、

「あっ……！」

美沙子はびくっと身体を震わせていた。

Ｇスポットだ。美沙子もそこを刺激されると、抗いがたい快美が湧きあがってくることを承知している。

「ここだな？」

勝利が細い目を光らせた。そして、膣のなかで中指を第二関節から折り曲げるようにして、Ｇスポットを押してくる。

「ぁあああうぅぅ……！」

ジーンとした快感がふくれあがって、美沙子は顔をがくんとのけぞらせていた。

（そう、そこよ……そこなの！）

とても口には出せないことを、胸底で呟く。

勝利はそのポイントを強弱つけて、圧迫してくる。

そこはピストンで擦られるより、こうしてリズミカルに押されたほうが、気持ちいい。

（祖父は女の身体をよく知っている。誰か抱ける女性がいるのだろうか？　それとも、何年経っても、男は女を悦ばせる方法を忘れないものなのだろうか？）

しかし、クリトリスを舐められたとき、そんなことはどうでもよくなった。

勝利は指腹でGスポットをゆっくりとすべらせながら圧迫し、同時に、クリトリスを舌であやしてくる。

これまで放っておかれた陰核が悦んでいる。

充血して肥大したクリトリスを小刻みに舐められ、膣の天井を擦りながら圧迫されると、抗しきれない快美が押しあがってきた。

「ぁああ、ああああぁ……」

喘ぎ声を垂れ流しながら、美沙子は腰をせりあげている。

こうすればもっと感じるとでも言うように、下腹部を突きあげて、擦りつける。

「いやらしい腰だな。美沙子さんの腰は。正直でいい」

勝利の言葉が途轍もない羞恥を呼ぶ。しかし、それは事実であり、それを突きつけられると、義祖父相手に腰を振る自分はどうしようもなく淫らな女なのだと感じてしまう。

そんな気持ちとは裏腹に、快美が勝手にふくれあがってくる。

「ぁああ、あああぁ……もう、許して……はうぅぅぅ」

下腹部をせりあげながら訴えると、勝利が言った。

「これ以上されると、イッてしまいそうか？　いいんだぞ。イッて……我慢することはない。ここには二人しかいない。俺は絶対に喋らない。いいんだ。二人だけの秘密だ。いいんだぞ……そうら、太腿がひくひくしてるぞ」

勝利の巧妙な誘導が、美沙子の最後の理性を奪おうとする。

勝利がまた顔を寄せて、陰核を舐めてきた。舌で転がし、吸いながら、Gスポットを圧迫してくる。強靱な指が欲しいところに食い込んで、その圧迫感が美沙子を追い込む。

「ぁああ、ああああああ……イキます。イキそう……」

思わず訴えると、

「イッていいんだぞ。ここか？　こうか？」

「はい……そこ……そこ、そこ、それ……イキます。ぁあああああ、くっ……」

美沙子はグーンと身体を反らし、腰を持ちあげた。

全身がばらばらになるような快美が走り抜けて、無意識にがくがくと腰を震わせていた。

一陣の嵐が通りすぎて美沙子は空っぽになった。

腰をシーツに落とすと、昇りつめた歓喜の残滓《ざんし》で、まったく動けない。動く気にさえならない。

義祖父相手に気を遣ってしまったことの羞恥と、昇りつめたあとのたゆたいが同居していた。

4

まどろみのなかで、勝利の声が聞こえた。

「美沙子さん、大丈夫か?」

「ああ、はい……」

美沙子は重い瞼を開けた。勝利の顔がすぐ近くにある。細い目がいまだに色情でギラギラしている。

「まだ、大丈夫のようなら、ひとつ頼みたいことがある」

「はい、何でしょうか?」

「その、俺のあれを口でしてくれないか?」

「でも……」

「もちろん、勃《た》たないとは思う。しかし、美沙子さん相手なら、元気になるような気がするんだ。頼むよ。このとおりだ」

　勝利はベッドの上で座って、額をシーツに擦りつける。

　竜崎家の義祖父が、自分の前で土下座している。

（こんなことをさせてはいけない……）

　美沙子のなかにも、年長の男を敬う気持ちは強くある。それが、フェラチオなんか、という気持ちに勝った。

「お祖父さまがわたしのような者に頭をさげてはいけません。わかりました。やらせていただきますから、頭をあげてください」

　言うと、勝利がゆっくりと顔をあげた。

「よかった。感謝するよ。あんたは本当にいい女だな……ただし、ただするだけでは、ダメなんだ。シックスナインをしてくれないか？　女のあそこを舐めると、昂奮するんだ」

　勝利はリモコンを操作して、電動式ベッドを平らにした。

　そして、ブリーフを脱いで、水平になったベッドに仰向けになる。

「勃たなかったら、勃たなかったで、問題はない。頼むぞ」

　美沙子はせめてもの抵抗として、さがっていた肩紐を肩にかけて、スリップをあげ、胸を覆った。それから、慎重に義祖父の顔をまたぎ、這うような姿勢になる。

すると、勝利がスリップの裾をまくりあげ、

「オマ×コもきれいなピンクだ。そのくせ、ぷっくりと肉厚で、ここに入れたら、男は天国を味わえそうだな」

そう言って、尻を引き寄せる。

(ああ、きっとすべて見えてしまっている。女性器どころか、お尻の孔まで……)

顔がカッと燃えるような羞恥で、思わず尻を逃がしていた。その尻をつかまれて、引き戻される。

勝利は両手で尻たぶをひろげて、女の花園にしゃぶりついてきた。

ぬるっと谷間をなぞられて、

「んっ……!」

声が洩れてしまう。つづけざまに谷間を舐められると、さっき味わったばかりの快美がまたふくれあがってくる。

それをこらえて、勝利の浴衣の前を開いた。

赤銅色の肉の棹が力なく横たわっている。

美沙子は肉の芋虫をつかんで、引き寄せ、一気に口に含んだ。

ぐちゅぐちゅと口のなかで、揉みほぐし、まだ柔らかなものに舌をからませる。ねっとりとまとわりつかせながら、かるく顔を上下に振った。

すると、芋虫がわずかに硬くなった気がして、根元を握り、しごいた。しごきながら、頭部にちろちろと舌を走らせる。

これが女の性《さが》なのだろうか。

ごく自然に、義祖父のものを大きくさせようとしている。勃起したら勃起したで、勝利は挿入を求めてくるだろう。

それは、できない。わかっていても、それを任務のように感じて、手を替え品を替えて、イチモツを勃起させようとしている。

だが、どうやっても目前のものは充実してこない。少しは硬化するし、大きくはなるのだが、一定以上エレクトはしない。

それでも、勝利は丹念にクンニをしてくれるので、性感だけは高まっていく。

「んっ、んっ、んっ……！」

尻をくねらせながら肉茎を頬張って、

つづけざまに顔を打ち振っていると、勝利が言った。

「もう、いい……悪いな。美沙子さんのここが欲しがっているぞ。待っていなさい」

勝利がベッドから降りて、サイドテーブルの引き出しから、黒い箱を取り出した。ベッドにあがって、箱を開ける。なかにおさまっていたのは、半透明のピンクのシリコン製らしきバイブレーターだった。

「バイブは初めてか？」

勝利が箱から本体を取り出しながら、訊く。

美沙子は押し黙った。じつは、以前に彼氏がいないとき、自分を慰めるために使ったことがある。そのときは、何度も昇りつめてしまった。

「そうか……経験がありそうだな。それなら、話は早い。最近のバイブは性能がいい。USBコードの充電式だから、途中で電池切れになることはまずない。昔のものは電池だったからな。途中で弱くなったり、止まってしまって、往生したものだ」

勝利は苦笑いをして、根元の把手部分についているスイッチを入れた。

ヴィーンというモーター音とともに、先端がくねって、根元の小さな無数のパチンコ玉のようなものが回転している。クリトリス用のウサギの耳を模したものが、すごい勢いで振動している。

（こんなものを使われたら……）

どんな狂態を見せてしまうのかと、怯えた。

「まずは、これを舐めてもらおうか。濡らしたほうが、使いやすいだろう……しゃぶりなさい。これを本物のペニスだと思って……やりなさい」

バイブを手渡された。

ピンク色のスケルトンで、中心の軸のようなものが透けて見える。亀頭部は本物そっくりで、血管までもがのたくっている。

「座ったままで、いい。手でしっかり握って、しゃぶりなさい……返事は？」

「はい……」

美沙子はシルクベージュのスリップを着けたまま、女座りして、バイブをしっかりと握った。

「裏筋を舐めてから、ぱっくりいきなさい」

ベッドの一メートルほど前に胡座《あぐら》をかいた勝利が言う。

（わたしは、吉彦さんと一緒なるためにするのよ。決して、進んでするわけじゃない）

美沙子は自分に言い聞かせて、スケルトンのバイブを縦に持ち、裏筋を下から舐めあげていく。

舌を這わせていくと、勝利が浴衣をはだけて、イチモツを握りしごいているのが見えた。

（ああ、お祖父さま……！）

美沙子はじっと勝利を見つめながら、何度も舌を走らせる。

それから、バイブを傾けて、亀頭部に舌を這わせる。ピンクの半透明のシリコンが唾液で濡れてくる。

美沙子は両手で握ったバイブの先端を頬張って、ゆっくりと顔を打ち振る。

亀頭冠の出っ張りを感じる。本物のペニスをしゃぶっているような気がする。

だが、やはり本物のほうが断然いい。本物は体温があり、生き生きとした脈動が感じられて、皮膚感覚が全然違う。

しかし、勝利にはそんなことは関係ないのだろう。

美沙子がバイブをしゃぶるところを、ぎらぎらした目で見つめながら、浴衣の下の肉茎をしごいている。

（いいわ。そんなに見たいなら、見せてあげる）

美沙子はなるべく奥まで頬張って、ジュブジュブッと唇をすべらせる。そうしながら、勝利をじっと見つめている。

「おおぅ、たまらん……美沙子さんはスケベだな。わたしはセックスなんかしませんという顔をしているのに、そんなに美味しそうにしゃぶって。ほら、いやらしい唾音を立ててみろ」

美沙子はジュルル、ジュルルとわざと音を立てる。そうしながら、激しく顔を打ち振った。

「たまらん……そろそろ入れなさい。ちょっと待て」

勝利がリモコンで電動式リクライニングベッドの頭のほうを三十度くらいに立てた。

美沙子は言われたように、スリップをもろ肌脱ぎにして、持ちあがった部分に上体を乗せて、足を開いた。

「いいぞ。最高の眺めだ。オマ×コが丸見えだ。自分でも見えるだろう？」

「はい……」

上体を斜めにしているので、M字開脚した足と、黒々と繁茂した恥ずかしい繊毛まで見える。

「スイッチを入れなさい」

美沙子がボタンを長押しすると唐突に、シャー、シャー、シャーという音とともに、頭部がくねり、根元の小さいパチンコ玉が回転し、ウサギの耳が小刻みに振動をはじめた。

「まずはオッパイを刺激しなさい。返事は？」

「はい……」

勝利は前屈みになって、美沙子を見つめている。

その熱い視線に背中を押されるようにして、バイブの先端を乳房に押し当てた。くねくねして振動する先端を乳首に当てると、徐々に快感がうねりあがってくる。

何か物足りない。

クリトリス用のウサギの長い耳で、乳首を挟むようにすると、ブーンといううぐもった振動音に変わって、乳首から甘い疼《うず》きのようなものが走り抜ける。

「ぁああ、ああぅぅ」

「ウサギのほうが気持ちいいか？」

「はい……はい……」

細かい振動が甘い愉悦に変わって、そこに神経を集中させると、全身がむずむずしてきた。

「ぁああ、あああぁ……」

知らずしらずのうちに、下腹部をせりあげていた。

「オマ×コを触りたいか？　いいぞ、左手が空いているだろう。オマ×コを触りなさい。やるんだ！」

びしっと言われると、催眠術にでもかかったように左手を股間に伸ばしていた。

「オナニーするときは、どんなふうにするんだ？　寂しいときはしているんだろう？　それと同じようにしてみろ。俺はいないと思え」

美沙子は尺取り虫みたいに指を使って、狭間をなぞりあげた。すぐにクリトリスに欲しくなって、上方の陰核を指で転がした。

突起の周辺を円を描くようになぞり、中指の先で陰核を下から、撫であげる。くるくるとまわし、突起を指で振動させる。細かく叩くと、陶酔感が一気にひろがって、

「ぁあああ、ああああうぅぅ」

恥ずかしい声が洩れてしまう。

「いつも、そうやってイクのか？」

「はい……」

「まだイカせないぞ。オマ×コを指で開け」

美沙子は左手の人差し指と中指を陰唇に添えて、V字に開く。くちゅっと音を立てて、陰唇がひろがってしまう。

きっと、なかの粘膜まで見えてしまっているだろう。

焼けつくような羞恥が居たたまれない気持ちにさせる。だが、勝利は身を乗り出すようにして、そこを凝視している。その期待を裏切りたくなくて、オマ×コを開きつづける。

じゅくじゅくと愛蜜があふれだすのがわかる。

「いいぞ。そこに、ぶち込みなさい」

勝利の許可がおりて、美沙子はくねり動くバイブを膣口に押し当てた。

ちょっと力を込めると、バイブが体内をこじ開けてきて、

「はうぅぅ……！」

強烈な衝撃に、美沙子は顎を大きく突きあげる。

恥ずかしくてたまらない。それでも、身体が快楽を求めている。

さらに奥まで押し込むと、頭部がくねって、子宮口を刺激しているのがわかる。根元のほうも回転しながら、Gスポットを擦りあげてくる。

振動するウサギの耳が、クリトリスに触れて、

「あんっ……！」

思わず喘いでしまった。

もっと刺激が欲しくて、打ち込みながらもウサギの耳を陰核に押し当てた。すると、激しい振動が伝わって、肉芽がジーンと痺れてきた。

くすぐったいような快美が徐々にふくらんでくる。そうすると、膣全体にも欲しくなって、さらに奥まで突き入れる。

くねる亀頭部が奥をかきまわし、回転する小さな球がGスポットを擦りあげてくる。それらが渾然一体となって、どうしようもないくらいの快美がふくらんできた。

「ぁああ、あああぁ……」

知らずしらずのうちに喘いで、下腹部をせりあげていた。

「美沙子さん、気持ちいいか？　正直に言いなさい。気持ちいいか？」

「はい、気持ちいい……」

「それでいいんだ」

勝利が近づいてきた。

胸に顔を寄せ、乳房をつかんで、荒々しく揉みしだいてくる。さらに、乳首を吸われたとき、峻烈な快美が走り抜けて、

「ぁああぅぅ……！」

美沙子は恥ずかしい声を噴きあげていた。

もともとこうされると、弱い。乳房を揉みしだかれ、乳首を舐められ、膣をバイブで攻めたてていると、羞恥心も理性も消えてなくなりそうになる。

「太腿が痙攣しているぞ。イキたいか？」

「はい……」

「待っていなさい」

勝利はリモコンでベッドを水平にすると、上になって尻を向ける形でまたがってきた。

驚いた。どうやっても勃起しなかった赤銅色のイチモツがむっくりと頭を擡げているのだ。

「咥えなさい」

そう言って、勝利が肉茎を口に押しつけてきた。

美沙子はそれを口を開いて、招き入れる。すると、勝利は自分から腰を振って、肉茎を口に出し入れする。

そうしながら前に屈み、美沙子に代わって、バイブの白い把手を握り、抜き差しする。

（ぁあああ、ひどいことをされている……！）

最初に感じたのは、屈辱感だった。

だが、どういうわけか、支配されることの陶酔感のようなものが、脳や身体を痺れさせていて、微塵も抗えない。

それどころか、これまで体験したことのないような愉悦がじわじわとひろがってくる。

「舐めろ。舌を使いなさい」

勝利に命じられると、言われるがまま、口のなかの肉茎に舌をからませていた。それはさっきより確実に硬く、大きくなっている。

(ああ、これが欲しい……)

ふとそう感じてしまい、否定する。

その間にも、抜き差しされていたバイブが固定され、絶え間ない振動でクリトリスを刺激されると、こらえきれない愉悦が急速にふくらんできた。

(ああ、イッてしまう。いや、いや……ぁあああ、気持ちいい！)

美沙子は自分から舌をからめていた。舌で擦りながら、肉茎を吸う。

「おおぅ、たまらんな……美沙子、出そうだ。出そうだ」

勝利が訴えてくる。

自分で腰を振りながら、バイブを膣奥にぐっと押しつけてくる。

(ああ、出して……!)

美沙子は頬が凹むほど吸いあげて、自分でもできる限り顔を振って、唇をすべらせる。すると、勝利の様子が逼迫してきた。

勝利は息を弾ませながらも、腰を振り、同時に、バイブを奥へと押し込んでくる。

その間にも、美沙子も高まっていく。

切なくて気が触れそうな高揚感がぐぐっと押しあがり、限界を越えようとしている。

(ああ、イキそう……イキたい。イカせて……!)

美沙子が吸い込みながら舌をからめたとき、

「出すぞ……ぁあああ!」

勝利が吼《ほ》えて、熱い男液をしぶかせた。

ほぼ同時に、美沙子も絶頂に押しあげられる。こういうのを目眩《めくるめ》くと言うのだろう、瞼の裏で火花が散り、身体の内側がめくられていくような快美の電流が身体を貫く。

忘我の境地まで達しながらも、苦い精液をこくっ、こくっと呑んでいた。

エクスタシーの残滓にたゆたっていると、勝利が抜けたバイブのスイッチを切って、隣に添い寝してきた。

美沙子を抱き寄せて、耳元で言った。

「ありがとう。最近は自分でしても、射精まで至らなかった。本当はあなたのオマ×コに射精したかったが、口でも充分だ。射精したときは、あまりにも気持ち良すぎて、死ぬかと思ったよ……」

勝利は苦笑いをして、横臥した美沙子の腕をさすってきた。

美沙子は、義祖父相手に気を遣った自分をどう受け止めていいかわからず、エクスタシーの残滓が消えるのを待った。

第三章　後妻と家政婦

1

夫婦の寝室で、ガウンをはおった竜崎崇史は肘掛け椅子に足を開いて座り、昨日に録画された監視カメラの映像を眺めていた。

竜崎家の各部屋には、盗撮用のカメラが設置されていて、崇史だけがその映像を見ることができる。

カメラは崇史が監視用に本家の各部屋に仕込ませたもので、崇史とその妻である祐子、そして、今、崇史のイチモツをしゃぶり、パイズリしている家政婦の心春しか知らない。

モニターのなかでは、バイブでオナニーをしている高階美沙子の痴態と、それを食い入るように見つめる父・勝利のぶざまな姿が映し出されている。

「親父のやつ、美沙子に夢中じゃないか……まさか、懐柔されたりしないだろうな？」

崇史が言うと、後ろのダブルベッドに腰かけて、モニターを眺めていた妻・祐子が、

「そういうこともあるかもしれませんよ。お義父さまは孤独ですから。自分に寄り添ってくれる女性が欲しいんでしょう」

冷静なことを言う。

「それじゃあ、困るんだよな。お前が相手をしてやらないからだ」

崇史は後ろを見た。髪を後ろで結いあげて、落ちついた着物をつけた祐子が、弁解がましく言う。

「お義父さまはわたしを忌み嫌っていますから。誘っても、乗ってきません」

祐子は四十二歳で、最近は化粧も厚くなったが、生来の優雅さは失っていない。

前妻と離婚して、五年前に後妻として娶《めと》った。

もともとは良家の娘だったが、家が破産して、祐子は水商売をせざるを得なくなった。高級クラブのチーママをしているところを、崇史が気に入って、クラブを辞めさ

せて、しばらく囲っていた。

浪費癖はあるが、身体もセックスも素晴らしく、閨《ねや》の床では貪欲だった。

前妻は竜崎家の家風に馴染めず、夜のほうも相性が合わなかった。体調を崩しがちになり、別れを切り出してきたので、少しばかりの金をやって、家を追い出した。そのすぐ後に、祐子を後妻として竜崎家に迎え入れた。

父が決めた前妻と崇史が上手くいかなかったこともあって、父は祐子に関しては渋ったものの、強く反対はしなかった。

だが、父は祐子とは反りが合わないのか、気を許そうとしない。

「何度も言っているだろう？　お前が言うように、親父は寂しがっているんだから、添い寝くらいしてやれと。乳を揉ませて、チ×チンをしゃぶるくらい、何でもないだろ？　昔は、枕営業していたじゃないか？　もう一回、チャレンジしてみろ」

「あなたは、それでいいんですか？　わたしがお義父さまのあれをしゃぶっても」

珍しく祐子が反論してきた。

「ああ、問題ない。むしろ、お前が親父とするところを見てみたいくらいだ」

きっぱりと言ってやった。

祐子と肉体関係を持って、もう七年。正直なところ、少し飽きてきていた。

家政婦の心春にしゃぶらせているところを、こうやって堂々と見せてやっているのも、祐子の嫉妬心を煽るためであり、自分も昂奮するからだ。

それに、竜崎家の男は代々、そういうことをしてきた。竜崎家に嫁いだ女は、男たちの共有物だと教えられてきた。

しばらく押し黙っていた祐子が口を開いた。

「崇史さんは、美沙子さんをどうなさるつもりですか？」

「もちろん、追い出す。どうも、あの女は気に食わん。完璧すぎる」

「どうやって？」

「俺が相手をしてやる。あの女がいやだということを徹底的にしてやる。美沙子の尊厳も肉体も踏みにじってやる。そうすれば、さすがにいやになって、逃げていくだろう」

「もしも、出て行かなかったら？」

「あり得んよ……それに、いざとなったら、このビデオを吉彦に見せてやる。そうすれば、吉彦だってさすがに醒めるだろう……」

モニターの映像が終わった。

「心春、もういい。ここに這え」

命じると、心春はちゅるっと怒張を吐きだして、ボブヘアの似合う顔でちらりと崇史を見た。

巨乳と呼んでも差し支えのない乳房をあらわにして、前掛け式のエプロンだけをつけている。心春は言われたように、のろのろと絨毯に四つん這いになる。

アルバイトでうちに来ていた、大学で家政学を学んでいた心春を気に入って、アルバイト中に手をつけて、処女を奪った。

大学卒業後に、住み込みの家政婦として自宅に雇った。最初は反抗してきたときもあったが、セックスを繰り返すうちに、すっかり調教されて、従順な奴隷となった。

今では、何を強要してもノーと言わずに、崇史の要求に一生懸命に応えようとする。

そんな心春を愛おしい存在だと感じていた。

「ほら、もっとケツを突きあげろ。そうだ。尻を両手でつかんで、ひろげろ」

言うと、心春は顔の側面で体重を支え、両手を後ろにまわして、左右の尻たぶを開いた。

ぷりっとした尻がひろがって、偏平になり、愛らしいセピア色の小菊と、その下で息づく女の花園があらわになる。

恥毛は剃毛するように命じてあるから、今もつるつるで、ふっくらとした肉厚な女性器がいっそう鮮明に見える。

崇史は屈んで、濡れ光っている狭間をつるっと舐めてやる。

「あんっ……！」

愛らしい声をあげて、心春が顔をのけぞらせた。

「それでは、わたしはそろそろ……」

退室しようとする祐子を、引き止めた。

「ダメだ。そこにいて、見ていろ。すぐにお前もかわいがってやるから」

「でも……」

「いいから、そこにいろ！　初めてじゃないだろ」

強く出ると、祐子はふたたびソファに腰をおろした。

祐子は恩義を感じているから、自分を裏切ることはないだろう。しかし、心から自分を慕っているかと言うと、微妙なところだ。おそらく、愛憎相半ばしていることだろう。

憎むなら、憎めばいい。だが、愛情があるからこそ、憎しみが湧くのだ。

これ見よがしに、心春の粘膜を舌でなぞりあげた。

「んんんっ……ぁあああうぅ」

「気持ちいいか？」

「はい、気持ちいいです」

「これはどうだ？」

下のほうに息づいているクリトリスを吸うと、

「ぁあああ……！」

心春は嬌声を張りあげる。

おそらく、心春も祐子と張り合っている。だから、おかまいなしに、快感をあらわにする。

陰核を舐め、狭間に舌を走らせると、

「ぁあああ、我慢できません。ください。ご主人さまのデッかいオチ×ポをください」

心春が露骨なことを言う。

「オチ×ポをどこに欲しいんだ？」

「お、オマ×コです。心春のオマ×コにブチ込んでください」

「俺のをしゃぶっているうちに、欲しくなっていたな？」

「はい……立派なオチ×ポをしゃぶらせていただいている間から、欲しくてたまりませんでした」

「まったく、しょうがない女だな。よし、くれてやる。そのままだぞ」

崇史はいきりたつものを、恥肉の窪みに押し当てた。慎重に狙いを定めて、腰を進めていくと、切っ先が窮屈なとば口を押し広げていき、

「ぁああっ……！」

心春が両手で尻たぶを開いたまま、背中を大きくしならせた。

「くっ……！」

と、崇史も奥歯を食いしばっていた。

心春の膣はとにかく締めつけが強い。今も、勃起を受け入れただけで、全体がぎゅ、ぎゅっと締めつけてくる。

食いしめに耐えて、崇史はゆっくりと抽送する。

適度にくびれたウエストをつかみ寄せて、スローピッチで打ち込みながら、ちらりと祐子を見た。

一瞬、目が合った。祐子はさっと視線を落とす。

視線が合ったということは、夫と家政婦がしているところをしっかりと見ていたということだ。

（いいぞ。好きなだけ見ていろ）

崇史は胸底で呟き、抽送を速くしていく。

前掛けだけをつけた、みずみずしい肢体を引き寄せながら、徐々にストロークの振幅を大きくしていく。

心春は下を向いた巨乳をぶるん、ぶるんと波打たせては、

「あんっ……あんっ……あんっ」

かろやかに喘ぐ。

まるで、その喘ぎを祐子に聞かせているような喘ぎ方が、崇史を昂らせる。

崇史は右手を側面からまわり込ませて、たわわすぎる乳房をつかんだ。強く揉みしだきながら、そこだけ硬くなっている乳首をつまんで、転がしてやる。

すると、それがいいのか、

「ぁあああ、気持ちいい……ご主人様、気持ちいいです」

心春がうっとりとして言う。

崇史はしばらく乳首をいじりながら、後ろからぐりぐりと子宮口を捏ねた。

「ぁああ、それ……ぁあああ、熱い……熱いんです……ぁああ、ひろがっていく」

心春はそう喘ぎながら、自分から尻を擦りつけてくる。

「両手を後ろに……」

崇史が言うと、心春は尻から離した手を、後ろに差し伸べてくる。崇史は両腕をがしっとつかんで、後ろに引っ張った。

「ぁあああ……！」

心春の上体が反る。

そのまま、強く引っ張って、のけぞらせる。すると、心春の上体が持ちあがり、斜めになった。

その体勢で、がんがん後ろから突いた。

ギンとした屹立が心春の膣を突きあげていき、

「ぁああ、すごいです……あんっ、あんっ、あんっ……！」

心春は両腕を後ろに引きあげられた姿勢で、たわわな乳房をぶるん、ぶるるんと揺らしながら、甲高く喘ぐ。

崇史の太腿に尻を乗せるような形になった心春を、思い切り、突きあげてやる。

「ぁああ、あああ……あんっ、あんっ、あんっ……イキます。もう、イッちゃいます」

心春がさしせまった様子で訴えてくる。

「イクがいい。何度でもイケ」

つづけざまに、押し込んでいくと、

「ぁあああ、イクぅ……はうっ！」

心春がのけぞりながら、がくがくと震えた。

2

気を遣って、ぐったりとした心春を仰向けに寝かせて、膝を押しあげた。

屹立をつるっとした無毛の恥丘の下の花芯に押し込んでいくと、

「あうぅ……！」

心春が低く呻いた。

男は射精すると、一気に醒めるが、女性は逆だ。イクほどに快感がふくらんでいく。

心春の足を肩にかけ、上体を斜めにして、ゆっくりとえぐり込んだ。すると、この身体を折り曲げられた窮屈な姿勢が感じるのだろう、

「ぁあああ、はうぅぅ」

スローな打ち込みに反応して、心春は赤子が寝ているときのように両手を頭の横に

置き、愛らしい顔をくしゃくしゃにして、顔をのけぞらせる。

祐子が待機しているから、そう時間はかけられない。

徐々にピッチをあげていく。上から振りおろすと、怒張が深いところにすべり込んでいって、子宮口をうがち、

「ぁあああ……あんっ、あんっ、あんっ……」

心春は眉根を寄せて、顔を左右に振る。

打ち据えるたびに、巨乳がぶるん、ぶるるんと縦に揺れて、ストロークの勢いそのままに、心春はずりあがっていく。

ずりあがっていった心春の身体をつかんで根こそぎ引き戻した。

今度は、足を放して、覆いかぶさっていく。

グレープフルーツほどはある真ん丸の乳房を揉みしだくと、乳輪の比較的大きい巨乳が柔らかく形を変えながら、指にまとわりついてくる。

脂肪の塊は揉んでも揉んでも、底が感じられない。

「お前の乳はどうしてこんなにデカいんだ？　ホルスタインのようだな。乳搾りしたら、大量のミルクが搾れそうだ。今度、牛舎に飼っておくかな？　必要なときだけ、乳を搾ってやる。ただし、牛だからな。ずっと四つん這いだぞ。俺がここから、乳を

搾り取ってやる」

そう言って、崇史は乳首にしゃぶりついた。

どこまで行っても柔らかな乳房を中心に向かって、搾りあげて、乳首を吸ってやる。チュー、チューと吸引すると、

「あああん……」

心春が顔をのけぞらせた。

「ホルスタインが感じているのか？　それに、母乳がちっとも出てこないぞ。こんなに立派なミルクタンクを持っているのに、肝心の母乳が出てこんぞ。何のための巨乳だ？」

「……すみません」

「祐子は子供を生むことができん。代わりに心春が俺の子供を生め。そうしたら、ミルクがいっぱい出てくる。俺に吸わせろ。俺が赤ちゃんの代わりにゴクゴク飲んでやる」

言いながら、崇史はちらりと祐子を見た。

祐子はギラギラした怒りの目で、崇史をねめつけている。

（ふんっ、セックスしか能がないくせに！）

心のなかで吐き捨てて、巨乳を強く揉みながら、腰をつかった。

たわわな乳房に指を食い込ませて、揉みしだきながら、ぐいぐいと屹立をえぐり込んでいく。

「ぁああ、あんっ……あんっ……はうぅぅ、いいんです」

心春が顔をのけぞらせながらも、潤んだ瞳で見あげてくる。

(かわいい女だ。従順で、しかも、家事の能力が図抜けている)

崇史は覆いかぶさっていき、唇を奪った。

濃厚なディープキスで舌を差し込むと、心春もそれに必死に応えて、舌をからめてくる。思い切り吸ってやると、

「んんんっ……！」

心春が苦しそうに呻いた。舌の根が引っ張られて、痛かったのだろう。だが、心春は痛みに強い。

舌が抜けるほどに吸い、舌先を甘噛みする。

すると、心春は顔をしかめながらも、ぐいぐいと下腹部を擦りつけてきた。それに応えて、屹立を押し込み、ピストンさせる。

「んんん、んんんんっ、ぁあああ、気持ちいいですぅ」

心春が唇を離して、両手で絨毯を掻きむしった。

崇史はふと思いついて、それを実行に移す。

「祐子、こっちに来い」

命じると、祐子が出て行こうとする。

「いいのか？　無一文で放り出すぞ。お前など離婚しようとすればいつでもできる。無一文で放り出してやる。そうなったら、困るだろう？　ブランド品のバッグも宝石も、バカみたいに高価な着物も買えなくなるんだぞ……いいから、来い。初めてじゃないだろ？」

脅してやる。

「いいから来い！」

語気を荒らげると、ドアに向かっていた祐子が、近づいてきた。悔しそうに唇を噛んでいる。

なぜだろう？　いやだと言う相手を、力で無理やり従わせることに、無上の悦びを覚えてしまう。

（悔しいだろ。屈辱だろう。もっと苦しめ）

立ち尽くしている祐子は、白の小桜が無数に散ったグレイ地の小紋を着けていて、銀糸の光る帯を締めている。

最近、ふっくらしてきたが、もともと目鼻立ちのくっきりした美人なので、いっそう着物が似合うようになった。

「乳を揉んでやれ。キスもしろ」

心を決めたはずだが、祐子はためらっている。

「やれよ！」

もう一度強く言うと、祐子は観念したのだろう、絨毯に屈んで、心春の乳房にそっと手を伸ばして、おずおずと触りはじめる。

「もっと、感じさせるんだ」

叱咤《しった》した。

祐子の動きが徐々に真剣味を帯びてくる。左手で巨乳を揉みあげながら、右手の指で乳首の周囲を円を描くようにさする。透明なマニキュアのされたほっそりした指先が突起に触れたとき、

「んっ……！」

心春がびくっと身体を震わせる。

その反応が祐子の背中を押したのだろう。せりだした濃いピンクの乳首をまわすよ

うにしてねじった。さらに、二本指で挟んで、くりくりと捏ねる。

「ぁあああ、あうぅぅ……奥さま、気持ちいいです。はうんん……」

心春が甘い鼻声を洩らしたとき、祐子にスイッチが入ったのが、表情でわかった。

深く屈んで、乳首に舌を這わせる。ゆっくりと舐めあげられて、

「ぁああうぅぅ……！」

心春が顔を大きくのけぞらせる。

「感じやすいわね。心春は誰だっていいのよね？　相手が誰だって、感じてしまう。いやらしい女ね。淫乱なのよ」

祐子は見下すようなことを言って、片方の乳首を舐め、もう一方の乳首を指で捏ねはじめた。

正面から心春とつながりながら、二人の痴戯を眺めているうちに、崇史も昂奮してきた。

「祐子、そのままだぞ」

こちらに向かって斜めに突き出されている祐子の着物の裾を割るようにして、まくりあげる。

着物の裾がめくれあがって、赤い長襦袢《じゅばん》があらわになった。燃えたつような緋《ひ》襦袢

が鮮烈に目を射る。

祐子が後ろ手にそれを押さえた。かまわず、緋襦袢をまくりあげると、色白の双臀がまろびでてきた。祐子はいつもパンティを穿いていない。崇史がそう教育したのだ。

「いやっ……」

尻を隠そうとした祐子の手を払いのけた。

崇史は上体を起こして、心春を正常位で貫きながら、右手を伸ばして、祐子の尻たぶを撫でまわす。

最近、太って、尻がますますデカくなった。丸々として、肉感をたたえているが、撫でるとすべすべだ。時々、ぎゅっとつかみ、万遍なく撫でまわしてやる。

「ぁああ、やめて、あなた……」

祐子は口ではそう言うものの、尻はくなり、くなりと揺れはじめている。

「いやらしく腰をくねらせやがって……いいから、もっと心春を感じさせてやれ」

かるく尻を叩くと、祐子はびくっとして低く呻いた。

それから、言いつけどおりに、心春の乳首に舌を這わせ、揉みはじめる。

崇史はゆっくりと腰をつかって、肉棹を心春の体内に打ち込みながら、祐子の尻をさすってやる。

尻たぶの谷間に沿って、右手を這わせると、指が花芯に触れて、そこが濡れていることがわかる。

(さすがだな……セックスの感受性だけは強い)

崇史は心春の膝を曲げさせて、押さえつける。

そうしながら、腰をつかって屹立を打ち込み、その前後の動きを利用して、祐子の尻の間を撫でさすってやる。

花芯の濡れ具合がどんどん増して、ぬるっ、ぬるっと指がすべる。

「祐子もここに指が欲しいだろ？」

「……いえ」

「じゃあ、やめるぞ」

「待って……」

「じゃあ、欲しいんだな」

訊くと、祐子はこくんとうなずく。

崇史は中指と薬指をまとめて、押し込んでいく。熱いぬかるみに二本指が沈み込んでいき、

「くっ……！」

祐子が顔を撥ねあげた。

ねっとりとからみついてくる内部の粘膜を、押し退けるように抜き差しすると、

「ぁあうぅ……」

祐子が喘ぎ、もっとしてとばかりに尻を突き出してくる。

くちゅ、くちゅと淫靡な音とともに、透明な愛蜜がすくいだされて、祐子の陰毛を濡らす。

「気持ち良すぎて、愛撫ができないか？　ほら、もっと集中しろ。心春を悦ばせてやれ」

叱咤すると、祐子は思い出したように、巨乳の中心を吸い、舐め転がす。

Gスポットを指腹でぐいぐい押すと、

「ぁあああ……」

と顔をのけぞらせて、喘いでしまい、

「ゴメンなさい」

謝って、また乳首を舐めしゃぶる。それでも、腰はもっととばかりにくねくねと動いて、指を内へ内へと吸い込もうとする。

足を包んだ白足袋の裏側を見せながら、親指で絨毯を押さえつけ、乳房を揉みなが

ら、腰を前後に打ち振っている。

着物と長襦袢がまくれあがって、帯を隠し、緋色の布から象牙色のむっちりとした尻が突き出している。

それをつづけていると、心春が高まってきたのか、

「ぁああ、イキそうです。イッていいですか?」

下からとろんとした目で見あげてくる。

「いいぞ。イカせてやる」

崇史は祐子の膣から指を抜いて、言った。

「祐子、自分でしろ。指を突っ込んで、ズボズボしろ」

祐子は一瞬ためらったが、身体の欲求には勝てないのだろう。腹のほうから、右手を潜らせて、翳りの上を指でなぞり、濡れた指を二本、差し込んだ。

「ぁああうぅ……」

「ほら、乳首を舐めてやれ」

祐子が顔を寄せて、巨乳の中心を舌であやす。

それを見ながら、崇史は上体を立てて、打ち込んでいく。

両膝の裏をつかんで、ひろげながら押しつけ、激しく腰をつかって、怒張を叩き込

んだ。

心春の好きな体位だった。これだと、尻が持ちあがり、膣とペニスの角度がぴたりと合って、挿入が深くなる。

心春をイカせたい。

その一心で、崇史は怒張を叩き込む。ずりゅっ、ずりゅっと怒張が体内をえぐっていき、

「あんっ……あっ……あんっ……」

心春は両手を万歳の形であげて、無防備になった巨乳を祐子に吸われながら、確実に高まっていく。

もともとM的なところがあるから、二人で攻められることは嫌いではない。いや、むしろ好きだろう。

今もなりふりかまわず、二人での攻めを享受している。

さらさらのボブヘアが乱れて、額が出て、いっそう愛らしい。眉を八の字に折り曲げて、今にも泣きださんばかりの表情をしながら、顎をせりあげている。

崇史は膝の裏をがしっとつかんで、一気に加速させる。

ぐいぐいっと奥に届かせて、捏ねてやる。また、大きなストロークで打ち込んでい

く。

心春はまだ若いのに、子宮口のポルチオで気を遣る。

深いストロークをつづけていると、心春の様子がさしせまったものになった。

「あんっ、あんっ……ぁあああ、イキます。イッていいですか？」

心春が訊いてくる。

「いいぞ。イッていいぞ」

崇史は息を詰めて、一気にスパートした。たてつづけに深いストロークを叩き込むと、

「あうぅぅ……ぁああうぅぅ……」

心春はとても若い女が出すとは思えない低く獣じみた声を放った。この声を洩らした後に、心春は必ず気を遣る。

「そうら、イケぇ！」

つづけざまに打ち据えたとき、

「イク、イク、イキます……いやぁあああああ！」

部屋に響きわたる嬌声を張りあげて、心春はがくん、がくんと躍りあがった。

3

心春をイカせた崇史は、ベッドにごろんと横たわって、祐子が着物を脱ぐところを鑑賞していた。崇史はガウンをはおっているものの、前は開いている。

背中を見せた祐子は、シュルシュルッと衣擦れの音をさせて、銀糸の入った帯を解く。解かれた帯が剥かれたリンゴの皮のように、絨毯に落ちていく。

その向こうでは、エプロンだけをつけた心春が巨乳を見せたまま、正座していた。

こういう瞬間に、崇史はオスとしての満足を感じる。

自分は二人の女を従わせるだけの力のある男なのだという、オスとしての承認欲求を満たされるからだろう。

燃え立つような緋襦袢姿になった祐子は、結われていた髪を解いた。長い黒髪が波打つように枝垂れ落ちて、肩と背中にひろがる。

(やはり、エロいな。ろくな女じゃないが、この色っぽさだけは認めてやらないとな)

崇史は祐子を呼んだ。

「こっちに来い」

祐子は緋襦袢の前がはだけるのを手で押さえながら、摺り足で近づいてくる。その足には白足袋が履かれている。

崇史はベッドに胡座をかいて、訊いた。

「さっきは、自分でイケたか？」

祐子は首を横に振る。

「俺のチ×コだったら、イケたのにな……イケそうでイケなくて、むずむずしているだろう？　イキたいか？」

祐子が首を縦に振った。

「イカせてやる。ここに座れ」

ベッドを叩くと、祐子が裾の乱れを気にしながらベッドにあがって、足を斜めに流して座る。正座よりも、この横座りのほうがエロい。赤い長襦袢から仄白い足がのぞいている。

後ろにまわった崇史は両膝を突いて、両手を横からまわし込み、乳房をつかんだ。緋襦袢越しに胸のふくらみを揉みしだくと、その手を押さえて、祐子が言った。

「あの子を……心春を外に出してください」

「……見られているのが、いやなのか？」

「はい……」

「集中できないか？」

祐子がうなずいた。

「そう言うことだ。お前は部屋に戻っていろ」

心春は素直に立ちあがり、ガウンをはおって部屋を出ていった。

「祐子の言うように追い出してやった。これで、集中できるな？」

「はい……」

崇史は白い半衿のついた緋襦袢の胸元に、右手をすべり込ませて、乳房をつかんだ。

心春には劣るものの、充分な豊かさを持つ乳房をぐいと鷲づかみにすると、

「んっ……！」

祐子が喘いで、顔を撥ねあげる。

柔らかな乳房は幾分汗ばんでいて、柔らかなもち肌が指に気持ちいい。吸いつくような乳肌を揉みしだき、乳首を捏ねてやる。指に挟んで転がすうちに、

「あああ、あなた……」

祐子は喘いで、背中を凭《もた》せかけてくる。

「どうした？　気持ちいいか？」

「ええ……気持ちいい」

祐子が心から感じている声をあげながら、右手を後ろにまわして、ガウンの前から
そそりたっている肉棹を触ってくる。

崇史のイチモツはますます力を漲らせて、一本芯が通ったようにギンとしてきた。

それがわかったのか、祐子は乳首をいじられながらも、後ろ手に勃起を握って、ゆる
ゆるとしごいてくる。

「これが欲しいんだな？」

「ええ、欲しい」

「焦るなよ。すぐにくれてやるから……」

崇史は緋襦袢をつかんで、押しさげながら、腕を抜き、もろ肌脱ぎにさせる。

こぼれてできたなだらかな肩の向こうに、白磁のような乳房が見えている。ふくら
みを両手でつかみ、ぐいぐい揉みあげてやる。祐子はきつめの愛撫のほうが感じる。

揉みながら、硬くなっている乳首を捏ねた。左右にねじって、頂上を指先でトント
ン叩く。

「ぁああ、いい……あなたのこれが欲しい」

祐子はまた後ろ手に勃起を握って、今度は慌ただしくしごいてくる。

「まだだよ。少しは我慢したらどうだ？」

祐子をベッドに仰向けに倒して、

「両手を頭の上にあげて、右手で左の手首を持て」

言うと、祐子はおずおずと両手をあげて、右手で左の手首を握った。

乳房も腋の下もあらわになった格好が恥ずかしいのだろう、

「ぁあああ、見ないで……」

大きく顔をそむける。

「心にもないことを……」

崇史は乳房をぐいとつかんで、荒々しく揉みしだく。

お椀を伏せたような形をしたふくらみが柔らかく沈み込みながら、形を変えて、

「ぁあああ、あうぅぅ」

祐子は顎をせりあげて、仄白い喉元をさらす。

崇史はガウンを脱いで、セピア色の乳首にしゃぶりついた。揉みしだきながら、乳首を上下に舐め、左右に舌で弾く。

「ぁああ、ぁあんっ……」

祐子は悩ましい声をあげて、裸身をくねらせる。

吸って、吐きだし、また吸う。吸ったまま、なかで舌を捏ねまわしてやると、

「んんんっ……んんんっ……」

祐子はのけぞって、腰をくねらせる。

もう入れてほしくて仕方ないのだろう。

祐子と肉体関係を持って、もう七年になる。もともと素質はあったのだろうが、抱くにつれて、祐子は性感を花開かせていった。

もともと良家のお嬢さまで、プライドは高い。そのために、今でもむっとすることはあるようだが、ベッドに誘えば乗ってくるし、セックスをはじめれば、崇史の期待以上に燃えて、最後は失神したようになる。

崇史にとって、仕事上の成功よりも、女を支配して、屈従させることのほうが幸福度は大きい。

仕事にすべての時間と労力を費やし、プライベートでぐったりなどというのは、崇史に言わせれば本末転倒であり、愚の骨頂だった。

左右の乳首を舐め転がし、揉みしだいているうちに、

「ぁあああ、あなた、つらいの」

祐子が緋襦袢からこぼれでた左右の太腿を、ずりずりと擦り合わせる。

「擦り合わせると、気持ちいいのか？」

「ええ……」

「本当に好き者だな」

吐き捨てるように言って、崇史は枕を持ち、下半身のほうにまわり、腰の下に腰枕を入れる。

尻があがり、緋襦袢がはだけて、むっちりとした太腿がのぞいた。白足袋が緋襦袢と鮮やかなコントラストを見せている。

両膝をすくいあげて開かせると、密生した台形の翳りがあらわになり、その下で雌花がぬめ光る鮮紅色をのぞかせていた。

「ぐちゃぐちゃだな。さっき自分でしたからな。あさましいオマ×コだ」

崇史は右手を足から離して、指で濡れ溝をなぞりあげる。ぬるっと指がぬかるみに触れて、

「んんんっ……！」

祐子は大きく顔をのけぞらせる。

洪水状態の狭間をなぞり、蜜をなすりつけるようにして陰核を撫であげると、

「あっ……！」

祐子はびくっとして、腰を撥ねさせる。

相変わらず感度はいい。

セックスしか能がない女だ。感受性抜群だから、家に置いてやっている。

陰核を丹念に舐めた。すると、祐子は下腹をくねらせて、

「ぁあああ、ああああ……いいの。いいのよぉ」

赤裸々に喘ぎ、恥丘を擦りつけてくる。

崇史は顔をあげて、指を差し込む。中指と人差し指をまとめてぬかるみに押し込むと、

「ぁああ……！」

祐子はすさまじい声をあげる。

ぐいぐい締めつけてくる肉路を、指腹を上に向けて、ざらざらした箇所を擦りあげる。

祐子は他の女と同様にここが弱い。

指腹で圧迫しつつ、そこを入口に向けて、何度も擦ってやる。と、祐子の気配が一気にさしせまったものになった。

「ぁああ、ダメっ……それ以上されたら、出ちゃう……ダメ、ダメ、ダメっ」

祐子はそう言いながらも、指の動きにつれて腰を打ち振る。

崇史はそばに用意してあった厚手のバスタオルを、祐子の下半身の下に敷いた。

そうしておいて、さらに指の動きに拍車をかける。

「ぁああ、いやいや……出ちゃう。出ちゃう……！」

「いいんだぞ。吹けよ」

ぐいぐい押しながら、入口に向けて擦っていると、

「いやぁあああ……！」

祐子が悲鳴をあげて、下腹部をせりあげた。

とっさに指を抜いてやると、透明な体液が小水のように吹き出してきた。潮吹きである。祐子はGスポットを上手く刺激してやると、クジラのように潮を吹く。

かすかな水音を立てて、小水に似た潮が小さな放物線を描いて、バスタオルに吸い込まれていく。

潮を吹きながら、祐子はがくん、がくんと何度も下腹部をせりあげる。

「また吹きやがって……お前のせいで、毎回、シーツを替えなくちゃならんだろ？」

言葉でなぶって、崇史はバスタオルで濡れた花芯や内腿を拭き、さらに、潮が染み

込んだバスタオルを丸めて、床に投げ捨てた。

祐子はぐったりしながらも、荒い息づかいで乳房を波打たせている。

「世話の焼ける女だな」

崇史は潮の付着した緋襦袢と、しぶきのかかった白足袋を脱がしてやる。

一糸まとわぬ姿になった祐子は、色白の肌がところどころ桜色に染まって、適度に脂肪ののったむちむちした身体がそそる。

崇史はベッドに立ちながら、祐子の髪をつかんで引きあげる。

何を求められているのかわかったのだろう。

祐子は両膝立ちになって、密林からそそりたつ肉のトーテムポールを下から舐めあげてくる。

ツーッ、ツーッと長い舌で裏筋をなぞりあげる。

ついには、姿勢を低くして、皺袋を舐めてきた。幾重もの皺をひとつひとつ伸ばすように丹念に睾丸を舌でなぞりあげ、唾液でべとべとにする。

「頰張れよ」

命じると、祐子は股の下に潜り込むようにして、斜め上を向き、片方の睾丸を舌でからめとるように口に含んだ。

うぐうぐと一生懸命に頬張りながら、なかで舌をからめてくる。

祐子は良家のお嬢さまというプライドを打ち捨てて、一途に尽くしてくる。その献身的な姿が、崇史のオスとしての支配欲を満たす。

祐子は睾丸を吐きだして、裏筋を舐めあげてきた。

そのまま、上から亀頭部に唇をかぶせてくる。両手で崇史の腰を引き寄せて、口だけで一心不乱に唇をすべらせ、舌をからませる。

邪魔な髪をかきあげて、ちらりと見あげてくる。視線が合うと、恥ずかしそうに目を伏せて、また大きく顔を打ち振る。

ジュルル、ジュルルッと唾を吸い込みながら、いやらしい音を立てる。

顔の向きを変えて、亀頭部を片方の頬の内側に擦りつけながら、顔を打ち振った。

そのたびに、ぷっくりとした頬のふくらみが移動する。

ととのった顔がオタフクのようになって、せっかくの美人が台無しだった。

自分でも当然、美貌が醜くなっているのはわかっているはずだ。愛する男にならそれも厭わないということだろう。

祐子はハミガキフェラをやめて、まっすぐに頬張ってきた。

根元まで口におさめて、舌をからませ、吸いあげてくる。

それから、亀頭冠を中心に唇を小刻みに往復させる。敏感なカリに唇と舌を引っかけるようにして、つづけざまにしごかれると、ジーンとした快感がうねりあがってきた。

その上昇をこらえ、いきなり、祐子の後頭部をつかんだ。引き寄せながら、屹立を奥へと食い込ませていく。

イラマチオで切っ先を奥へと送り込むと、祐子はつらそうに眉根を寄せて、無理ですとでも言うように涙目で見あげてくる。

哀願の視線を無視して、ぐいと腰を突き出した。

亀頭部が喉に届く感触があって、今にも泣きだしそうな顔をしながらも、祐子は見あげてくる。

さらに、奥まで貫いたとき、祐子はえずきながら、後ろに飛びすさり、大きく噎せた。

4

涙目になった祐子をベッドに這わせて、自分はベッドから降りる。

こちらに来るように言うと、祐子は後ろ向きで四つん這いになって、尻をもこもこさせて移動してきた。

床に立って、その腰を引き寄せ、いきりたちを尻たぶの底に打ち込んでいく。熱く滾ったギンとしたものが祐子の体内をえぐっていって、

「はうぅぅ……！」

祐子が背中を反らせる。

潮を吹いた膣はぐしょぐしょで、蕩けた粘膜が肉棹にからみついてくる。

「祐子はオマ×コだけはいつも具合がいい。セックスをするために生まれてきたような女だな」

言葉でなぶった。それから、抜き差しをはじめる。

床に立っていると全身が使えて、楽に強く打ち込むことができる。

崇史は腰を引き寄せて、徐々に強く打ち据えていく。尻と鼠蹊部がぶち当たる音がして、

「あっ……あっ……あんっ！」

祐子は弓なりに反らせて、心からの喜悦の声をあげる。

自身の権化であるペニスが女体に深く突き刺さっていき、女を支配している。その

ことが、至福だった。

浅瀬をかるく抜き差しして、焦れた頃に、ズンと奥まで打ち込むと、

「うはっ……！」

祐子は欲しいものを与えられた悦びに、顔を撥ねあげて、シーツをつかむ。

崇史はまた、浅瀬を短く突く。すると、祐子がもう我慢できないとでも言うように、尻を突き出してきた。

丸々とした尻たぶを両手でぎゅっとつかむと、

「あっ……！」

祐子がかるく痙攣した。後ろから獣のように貫かれながら、尻をいじめてやると、祐子は悦ぶ。

尻たぶを鷲づかみにしながら、ぐい、ぐい、ぐいと奥に届かせると、

「ぁあああ、いいの……いいのよぉ。メチャクチャにして。わたしをメチャクチャにして！　あんっ、あんっ、あんっ……！」

祐子は甲高い声をスタッカートさせる。

崇史は尻から右手を離して、かるくスパンキングする。徐々に激しく尻ビンタすると、

「あっ……あっ……うわぁああ！」

祐子は吼えながら、両手でシーツが皺になるほどに握りしめる。

崇史は右手で交互に左右の尻たぶを平手打ちする。

ピターン、ピターン！

乾いた音が響きわたり、祐子は獣じみた声を洩らす。

打ったところが仄かなピンクから赤に変わり、それをさらに打擲する。と、祐子の腰や背中がぶるぶると震えはじめた。

崇史は尻ビンタをやめて、くびれたウエストをつかみ寄せて、思い切り勃起を叩き込む。

「あんっ……あんっ……ぁあああ、あうぅぅ」

祐子の喘ぎが、低く泣いているようなものに変わり、ついには両手を前に放り出すようにして、低くなり、尻だけを高く持ちあげた。

その背中から尻にかけての急峻なラインがたまらなかった。

また、尻たぶをつかみ、平手打ちをする。

それから、ウエストをつかみ寄せて、つづけざまに深く打ち込んだ。

「あんっ、あんっ、あんっ……ぁあああ、イクわ。イキます。イグぅ……！」

祐子がさしせまった声を放ち、崇史は一気に打ち据える。

パン、パン、パンと音が撥ね、祐子は身悶えをしながら、いっそう尻を突き出してくる。

「イケよ。イッていいんだぞ」

渾身のストレートを叩き込んだとき、

「イキます……イク……いやぁあああぁぁぁぁ！」

祐子は嬌声を噴きあげて、背中を反らせながら、がくん、がくんと躍りあがった。

駄目押しの一撃を叩き込んだとき、崇史も熱い男液をしぶかせていた。

第四章　義父の横暴

1

竜崎家に来て五日目、美沙子は家のしきたりに馴染もうとしていた。

家政婦の心春の厳しい家事のやり方にも、徐々に慣れてきた。家事のプロである心春にはいろいろなことを学んだ。もちろん、まだまだだが、心春の教えには科学的根拠があり、とても勉強になった。

もともと自分のなかに、男性を尊重したいという気持ちもあって、男尊女卑的な竜崎家のしきたりもさほど苦にならなかった。

だが、重く心にのしかかっているのは、義祖父の勝利にされたことだ。

あれから、勝利は求めてこない。それでも、あのときに強要されたことは、美沙子を苦しめている。吉彦には絶対に言えないし、言っていない。

今もやっていけているのは、次の夜、愛する吉彦に抱いてもらえたからだ。おぞましいものに穢《けが》されたような気がしていた。それを、吉彦とのセックスが洗い流してくれた。

それに、美沙子があの事を思い出すたびに焼けるような羞恥に襲われるのは、自分が勝利の使うバイブで昇りつめてしまったことだ。

いやなはずなのに、絶頂を迎えてしまった。

自分のなかには、淫蕩な血が流れているのだろうか？　しかし、自分は本番セックスをしたわけではない。それが救いだった。

このまま何もなければ、乗り切れるのではないか——そう考えていた五日目の夜、吉彦が急な出張で、帰宅しないことがわかった。

「東京まで行かなければいけないんだ。こんな大切な時期に美沙子をひとりにはしたくないけど、しょうがない。社長直々の命令でね……何か、匂うんだ。くれぐれも気をつけてくれよ。いやなことはノーと撥ねつけていいからな。わかったな？」

「はい……大丈夫ですよ。いやなことはいやだとはっきり言いますから。明日には帰って来られるんでしょ？」

「ああ、夕方には帰る」

「明日、あなたに逢えることを愉しみにしていますね。わたしのことより、ご自分のことを考えてください。東京では気をつけてくださいね」

「わかった。寝る前には電話を入れるよ。じゃあ、行ってきます」

「行ってらっしゃい」

部屋で電話をしていた美沙子は、スマホを切った。

社長直々の命令での、急な出張であることに、いやな予感がした。

社長である崇史が、何か企んでいるのではないか？

だが、自分がしっかりしていれば、問題はない。義祖父には情にほだされて、許してしまった。しかし、たとえ崇史が身体を求めてきたとしても、頑として断ればいい。そのくらいできないようでは、竜崎家の嫁は務まらない。

（大丈夫。わたしには吉彦さんがついているのよ）

美沙子は乾いた洗濯物を畳むために、家事室に向かった。

2

（さて、どうやって懲らしめてやるか？）

その夜、竜崎崇史は監視カメラのモニターで、美沙子が部屋でドライヤーをあてて髪を乾かすのを見ながら、責め具を用意する。祐子は別室にいる。

今日、吉彦を出張させたのも、美沙子を夜間にひとりにするためだ。

（まずは、こんなものか……）

責め具をおさめたバッグをベッドの枕許に置いた。

カラーモニターでは、白いネグリジェを着て、臙脂《えんじ》色のガウンをまとった美沙子が髪の乾燥を終えて、髪に櫛を入れている。

監視されているのを知らず、三面鏡を前に、髪を解いている美沙子は、なかなかに色っぽい。

ととのった顔と目頭のあたりには、知性がただよう。だが、唇はぽってりして、胸も尻も大きく、知らずしらずのうちに、男を誘ってしまっている雰囲気がある。

父相手には、フェラチオをしながら、バイブで昇りつめた。

根は好き者なのだろう。普段は清楚なたたずまいなのに、褥《しとね》では豹変する。そのギャップが崇史をかきたてている。

映像の用意も終えて、崇史は内線電話をかけた。

美沙子が一瞬びっくりしたような顔をして、インターフォンを取った。

「美沙子さんか……悪いが来てくれないか？　ちょっと話したいことがある」

「……今夜でなくてはいけないことでしょうか？」

美沙子が答える。

「ああ、そうだ。吉彦がいないときに話しておきたいことがある。大丈夫だ。あんたに手を出したりしない。安心しろ。待っているぞ」

崇史は内線を切った。

美沙子はためらっていたが、やがて、意を決したように部屋を出る。

映像の準備をしながら、待っていると、ドアをかるくノックする音がした。対応してドアを開け、

「入りなさい」

美沙子を招き入れる。

白いネグリジェに臙脂色のガウンをまとった美沙子が、「失礼します」と言って、

入ってきた。

乾燥させたばかりの髪の牧歌的なふわっとした香りが鼻孔に忍び込んでくる。

「あの、お義母《かあ》さまは？」

途中で立ち止まって、美沙子が警戒するように言った。

「ああ、祐子は風邪を引いたらしくてな。うつるといけないからと、別室で寝ている」

「そうですか、ご心配ですね……あの、それでお話とは？」

ガウンを着た崇史は肘掛け椅子に座って、

「これのことだが、これはどういうことか、説明してもらおうか？」

リモコンのスイッチを押した。すると、正面のローテーブルに置かれたモニターから、

『ぁああ、あああああ……』

と、美沙子の喘ぎ声が流れた。

モニターには、勝利に指を挿入され、クリトリスを舐められ、身悶えをする美沙子のあられもない姿がはっきりと映っていた。

「これは……！」

美沙子がモニターに目を凝らしながら、息を呑んで、凍りついている。

「見てみろ。あんたの腰が欲しそうに持ちあがっている。このすぐ後に、あんたは気を遣るぞ。そうら……」

モニターのなかの美沙子が、

『ぁあああ、あああああ……イキます。イキそう……』

そう訴えて、

『イッていいんだぞ。ここか？　こうか？』

勝利に指と舌で攻められて、

『はい……そこ……そこ、そこ、それ……イキます。ぁあああああ、くっ……』

美沙子がグーンと腰を持ちあげて、小刻みに震えながら、絶頂を迎える様子が映っている。

崇史が美沙子を見ると、さっきまで立っていた美沙子が絨毯にしゃがみ込んでいた。

「どうした？　自分がイク姿を見て、感じてしまったか？」

崇史は余裕綽《しゃくしゃく》々で、言う。

「……どうして、これを？」

美沙子がしゃがんだまま、訝しげに見あげてくる。

「うちにはそれぞれの部屋に、監視カメラが仕込んである。それを俺だけが見られるようになっている。もちろん、この後のこともすべて記録してある」

崇史は席を立って、美沙子の背後にまわった。美沙子は両腕で胸をかばって、縮こまる。

「バイブをぶち込まれて、父の薄汚いチンポをしゃぶりながら、気を遣るところもな……」

背後から、耳元で囁くと、美沙子はいやいやをするように首を振った。

「大したタマだな。耄碌ジジイのチンコにしゃぶりつきながら、イクとはな……普通じゃない。この淫乱女が！」

崇史は背後から抱えるようにして、美沙子を移動させ、ガウンを脱がせて、ベッドに仰向けに倒し、馬乗りになった。

「やめてください……お義母さまに言いつけますよ」

手足をバタバタさせる美沙子の両腕を、万歳の形で上から押さえつける。

「いいぞ。言いつけてくれ。祐子はこのことを承知している。だから、今、いないんだ」

美沙子がハッとしたように目を見開いた。

「父からも聞いただろ？　竜崎家に入る嫁は、夫だけでなく、竜崎家のすべての男たちに肉体でご奉仕をしなければいけない。俺にもな……吉彦から聞かなかったか？」

「吉彦さんは、いやなことはしなくていいとおっしゃいました。いやなことには、毅然とした態度を取りなさいと」

「……それでもかまわない。そのときは、お前は竜崎家の嫁として、失格になる。俺がノーと言えば、お前たちは結婚することはできない。この家からも、追い出される。お前だけじゃない。吉彦もだ」

「……それでもかまいません。わたしたちはどこか遠くで、あなたたちの知らない土地で一緒になって所帯を持ちます」

美沙子はきっぱり言って、強い目力で怯むことなく崇史を見あげて、視線を外さない。

(ほう……相変わらず気が強いな。こういう女こそ落としがいがあるというものだ)

崇史も気を入れ直す。

「残念だが、それは無理だ。その前に、お前は破滅する……ほら、見てみろ」

モニターには、美沙子が自らオナニーしながら、陰唇を開き、そこにうねり動くバイブレーターを打ち込んでいくところが映っていた。

リクライニングベッドがあがっていて、正面から狙っているカメラには美沙子が高まっていくその顔も乳房も大きく開いた足も、はっきりと映っていた。

「この映像には、父は映っていない。お前だけが映っている。父の言葉が入っているが、それは音声を消せば、お前が勝手にバイブを使って、オナニーしているようにしか映らん。これを流出させるぞ。お前のすべての知り合いに送りつけてやる。何なら、SNSにアップしてやってもいいんだぞ」

ねめつけてやると、明らかに美沙子の表情が曇った。

もう抗えないだろう。

枕許のバッグの中身をベッドにぶちまけて、赤い綿ロープをつかみ、美沙子を力任せにうつ伏せに寝かせ、両腕を背中にまわさせて、ひとつにくくろうとしたとき、

「いやです。いや、いや、いや……！」

美沙子が半身になって、抗ってくる。

「しぶとい女だな。わかった。じゃあ、この映像を吉彦にすべて見せてやる。お前はこのことを吉彦には伝えていないだろう？　伝えられるわけがない。これを見せられたら、吉彦はどうなるんだろうな？　義祖父相手にオナニーショーを見せて、バイブをズボズボして、義祖父のチンポを咥えながら、はしたなく昇りつめた……頭ではこ

れは無理やりさせられたことだからと、必死に自分を納得させようとするだろう。だが、一度見てしまった映像は一生消せない。心の奥では、お前に失望するだろう。いや、軽蔑するだろうな。自分一筋だと思っていた女だ。お前への思いも一気に色褪せるだろう。憎しみに変わるかもな……それでもいいんだな？」

温存しておいた切り札を出すと、美沙子の抗いがぴたっとやんだ。

一度でも過ちを犯した女は、こうやって、ずるずると地獄に落ちていくのだ。

3

「心配するな。一度だけだ。今回だけ我慢したら、お前は我が家の一員として迎え入れられるんだ。ただし、マグロでやりすごそうというのは甘いぞ。それでは、お前を合格させることはできない。精一杯、応えろ。一生懸命にご奉仕しろ。すごい女だと俺に思わせろ」

甘言を弄して、美沙子をその気にさせる。

すでに、崇史の気持ちは決まっている。答えはノーだ。さんざん苛めて、その結果、美沙子が尻尾を巻いて逃げ出すのが最高のシナリオだ。

崇史は赤いロープで手早く美沙子の両手首を合わせて、縛る。二重になったロープを何周か巻きつけて、両手首を後ろ手でひとつに縛りあげた。

自由を奪われた美沙子を仰向けに寝かせる。

美沙子は抵抗を諦めたのか、今にも泣きださんばかりの顔を大きくそむけて、足をぴたっとよじり合わせている。

乱れた髪が散るその苦悩をあらわにした顔と、めくれあがった裾からのぞくむっちりとした太腿が、崇史を駆り立てる。

崇史は馬乗りになり、白いナイティの胸元をつかんで、思い切り力を込めた。

「あっ、や……！」

襟が裂けて、さらに引き破ると、真っ白な乳房がこぼれでた。

たわわである。それに、上の斜面を下側の充実したふくらみが押しあげて、乳首がツンと上を向いている。

「ほう、いいオッパイをしているな。乳輪も乳首もピンクだ。映像よりもリアルのほうがずっといい……」

言うと、美沙子は顔を横向け、乳房を隠そうと必死に胸をよじり、腰を持ちあげて、崇史を振り落とそうとする。

「いいぞ。多少、抵抗してくれたほうが、ありがたい。いつまで、抗えるかな」

崇史は馬乗りになったまま、引き裂かれたネグリジェをさらに押しさげて、上から乳房をつかんだ。ぐいとふくらみに指を食い込ませる。乳肉がたわんで、

「んっ……いやっ……！」

美沙子は一瞬顔をのけぞらせてから、いやっと言う。

「取ってつけたような、いや、だな。本当は今、衝撃が走っただろ？　柔らかく、くにゅくにゅだな。そのくせ、芯はしっかりしていて、揉み応えがいい。たまらんオッパイだ」

崇史は両手で左右のふくらみを揉みしだき、その豊かな弾力を愉しんだ。

つかみながら、人差し指で突起を弾いてやる。

淡い、透明感のある乳首を指先で叩きつづけると、美沙子は顔をくしゃくしゃにし、下唇を嚙んで、

「んんっ……んんんんっ……」

と、必死に喘ぎ声をこらえている。

「どうした？　いいんだぞ。声を出しても……言っただろ？　マグロでやり過ごそうとしても、ダメだと……乳首が硬くなったぞ。さっきと全然違う。タケノコみたいな

急成長だな。これはどうだ？」

崇史は両手の指を舐めて濡らし、唾液でぬるぬるになった二本の指腹で、円柱の形に伸びてきた乳首を挟んだ。

ゆっくりとねじり、徐々に強く転がしてやる。

突起がますます硬くしこってくるのを感じながら、左右の乳首を転がしつづける。

「んっ……んっ……ぁああ、やめてください……」

美沙子が眉根を寄せて、訴えてくる。だが、もう一本の指でトップをかるく叩いてやると、

「……あっ！」

嚙みしめていた唇がほどけた。

「これが感じるんだな？」

崇史は左右の乳首を強めにひねりながら、頂上をトントン叩き、押し潰さんばかりに、上からも捏ねてやる。

桜色の乳首が圧迫されて、ひしゃげ、

「んんんっ……やめて……痛い……くぅぅぅ」

美沙子は顔をのけぞらせ、奥歯を食いしばる。

少しゆるめて、乳首を徹底的に指でかわいがった。すると、美沙子の気配が変わった。

「んっ……んっ……ぁああうぅぅ」

眉根に深い縦皺を刻みながら、美沙子は仄白い喉元をさらす。

（こいつ、感じているのか？）

崇史は顔を寄せて、指を離し、突起をぬるっと舐めあげた。

「あんっ……！」

美沙子はがくんと頭部を後ろにやり、のけぞり返った。

（完全に感じたな……）

最初は乳首を痛めつけてやるつもりだったが、いつの間にかそれが、もっと感じさせてやろうという気持ちに変わっている。

崇史は這いつくばるようにして、片方の乳首を舐め転がし、もう一方の突起も指で潰すようにして、押しまわす。

すでに、淡いピンクはカチンカチンになって、その硬さが崇史を昂らせる。

しこりきっている突起を上下左右に舐め、舌を横に振る。つづけざまに側面を叩くと、

「んんんっ……はうぅぅ」

美沙子は抑えきれないといった喘ぎをこぼして、顎を突きあげた。

今度は反対側の乳首も同じように、舌で横に叩く。

「ぁああ、ダメっ……許して、許してください」

美沙子が泣き顔で訴えてくる。

口ではそう言うものの、心からそう願っているのではないことは、その甘えたような言い方で明白である。

つづけて、乳首を愛玩していると、美沙子の下半身に動きを感じた。ハッとして見ると、美沙子はもの欲しそうに下腹部をせりあげているのだった。

白いシルクタッチのネグリジェが張りつく下腹部が、ぐぐっと持ちあがり、引かれて、またせりあがってくる。

(乳首とオマ×コがつながっているんだな。乳首をいじられるだけで、オマ×コにも硬くて太いものを入れてほしくなってしまう)

崇史はガウンを脱ぎ捨てて、裸になり、左膝で美沙子の両腿を押し割った。

膝と太腿で、ネグリジェの裾をはだけさせながら、太腿の付け根を擦りあげてやる。

「はうぅぅ」

美沙子はうっとりした声を洩らしながら、膝に股間を押しつけてくる。

「何だ、この腰は？　膝にオマ×コを擦りつけやがって……そんなにオマ×コに触ってほしいか？」

言葉でなぶると、美沙子は我に返ったのか、

「ち、違います」

目を伏せて、言う。

「本当かな？　もう一度、試してみるか？」

崇史はふたたび乳房を揉みしだき、乳首を舌と指であやす。つづけていると、美沙子は量感あふれる太腿で、崇史の足を締めつけてきた。

性感の高まりそのままに、こうしないとはいられないといったふうに、崇史の膝を挟みつけて、ずりずりと擦ってくる。

いったん締めつけがゆるんだが、乳首を苛めるうちに、また太腿でぎゅうと締めつけて、股間を擦りつけてくる。

その卑猥な動きがたまらなかった。

（美沙子は本当にセックスが好きなんだな。オマ×コにぶっといやつを入れてほしくてしょうがないんだろう）

崇史は下半身のほうに移動していき、腰に枕を入れて、膝をすくいあげた。

「あっ、やめて!」

美沙子がぎゅうと内股になり、崇史はそこを強引に開かせる。

美沙子がひどくいやがった理由がわかった。

仄白い太腿の奥に、白い刺しゅう付きパンティが食い込んでいて、基底部に楕円形のシミがはっきりと浮かびあがっていた。

「おいおい、何だ、この大きなシミは? そんなにチ×ポコが欲しいのか?」

「ち、違います!」

「だったら、このシミをどう説明する? これは、オシッコか?」

指でクロッチをなぞりあげると、表面は湿っているというより、明らかに濡れていて、少し力を込めると、内部にぐにゃりと沈み込んでいき、

「あっ……!」

美沙子はがくんと撥ねた。

「なかはぐちゅぐちゅだぞ。マン汁をこんなに垂れ流して……そうら、こうすると
……」

中指を濡れた基底部の上から押しつけると、指先がパンティ越しに沈み込んでいく

る。

感触があって、

「くうぅぅ……！」

美沙子が顎をせりあげた。

「何だ、これは？　どうしてこんなに濡らしている？　チ×ポが欲しいからだろ？」

崇史は足を開かせて押しつけ、いきりたつものの頭部で、クロッチを擦りあげてやる。

シミの浮き出ている箇所を亀頭部でなぞり、その横にもじかに擦りつけてやる。

わずかに愛蜜のはみだした大陰唇を切っ先がなぞっていき、

「あっ……！　あっ……！」

美沙子はびくん、びくんと腰を撥ねさせる。

「欲しくなっただろ？」

誘ってみた。

美沙子は激しく顔を左右に打ち振って、それを否定する。

「素直に欲しいと言えば、このまま入れてやったのに……」

崇史はパンティに手をかけて、剝くようにおろしていく。足先から抜き取ると、美沙子は両膝を腹部に引き寄せて、股間を隠した。

この羞恥心の強さが、崇史には好ましく思える。

両膝をすくいあげて、足を開かせる。

漆黒の長方形の翳りの流れ込むところに、乳首と同様に色素沈着の少ないピンク色の楚々としたオマ×コが息づいていた。

土手高のふっくらとした見事な女性器で、こんなに足をひろげられているのに、肉厚のフリル状の肉びらがぴたりとくっついて、内部を守っている。

「具合の良さそうなオマ×コだな。これまで何人の男と寝た？」

「……知りません！」

「知らないだと？　忘れるほどに何人もの男と寝たってことだな？」

「違います！」

「じゃあ、何人だ？」

「……知りません！」

美沙子が下からきっと睨みつけてきた。

「相変わらず、気が強いな。そういう女は嫌いじゃないが……」

崇史は顔を寄せて、合わせ目を舐めた。舌でなぞりあげているうちに、肉びらがひろがって、濃いピンクの内部が現れた。

透明な蜜をたたえた肉庭は複雑に入り組んで、その奥のほうで鮮紅色の粘膜がぬらぬらと光っている。

「お前は死ぬほどいやな相手でも、こんなにオマ×コをぐちゅぐちゅにするんだな。誰だっていいんだろ？」

「違います！」

美沙子がまた睨みつけてきた。

「そうかな？　ひょっとして、あれか？　いやなことをされればされるほど、感じてしまうタイプか？」

「…………」

「答えられないか？　いいだろう。答えは最後まで取っておこう。簡単に認められてはつまらん」

崇史は顔を寄せて、また狭間を舐める。

ぬるっ、ぬるっと舌でなぞりあげると、

「んっ……んっ……」

くぐもった声とともに、腰が揺れる。

ふっくらした肉びらがひろがって、内部の赤みがどんどん剝き出しになってくる。

あらわになった膣口に舌をちろちろさせると、

「ううん、んんんっ……」

美沙子は後手にくくられた不自由な姿勢で、ブリッジするように腰をあげて、くねらせる。

(言っていることと、やっていることが違うな)

崇史は渓谷を舐めあげていき、上方の肉芽をピンと弾いた。

「あっ……！」

感じている声をあげて、美沙子はびくんと痙攣する。

崇史はクリトリスの包皮を剝いて、大きめの珊瑚色の肉芽をちろちろ舐める。そうしながら、V字に開いた指で周囲を押さえつけながら擦る。

クリトリスはひろく根っこが這っていて、ここもクリトリスの一部である。

指を開閉しながら、肉芽を下からなぞりあげるように小刻みに使うと、美沙子の様子が変わった。

「んんんっ……んんんっ……ぁあああ、あぅぅぅ……いやいや、ダメなの。そこは、ダメなんです」

美沙子が腰を振って、舌の攻撃から逃れようとする。

崇史が執拗にクリトリスを攻めると、美沙子はぐぐっとのけぞって、

「ぁあああ、あうぅぅ……許してください。許して……あんっ、ぁあああああ、くうぅぅ」

腰をせりあげて、ぶるぶると震えはじめた。

「イクのは、まだ早いぞ。しゃぶれ」

崇史は顔をあげて、立ちあがった。

4

ネグリジェを毟りとって、全裸に剝いた。

一糸まとわぬ裸身は想像より、はるかに肉感的だった。

乱れた黒髪をつかんで引きあげると、美沙子がいやいや上体を起こして、崇史の前に座る。後手にくくったまま、

「やれ！」

そそりたつ亀頭部で口許を突いた。それでも、美沙子は頑なに口を開こうとはしない。

美沙子の鼻をつまんでやる。すぐに開いた口に、怒張を差し込んだ。

「歯を立てるなよ。歯が当たったら、あのビデオを吉彦に見せる」

脅しをかけると、美沙子は唇を大きく開いて、太棹を受け入れながら、恨めしそうに見あげてくる。

崇史は後頭部をつかみ寄せて、動けないように固定して、ずりゅっ、ずりゅっと肉棹を送り込む。

美沙子はつらそうに眉根を寄せながらも、されるがままで、口を開きつづけている。

「自分で動かさなくていいから、かえってこのほうが楽だろう。歯を当てるなよ。そうだ、いい子だ」

崇史は腰をつかって、いきりたつ分身をぐいぐい打ち込んでいく。

徐々に強く押し込む。長いペニスの先端が少しずつ深いところに入り込み、美沙子は不安そうに見あげてきた。

さらに、ぐいと奥まで突き入れると、

「ぐふっ……」

美沙子が噎せた。喉に切っ先が当たるのを逃れようと、後ろに顔を引こうとする。

その後頭部を強く引き寄せ、逃れられないようにして、喉を突いた。

「ぐふっ……ぐがが……ぐがが……」

美沙子はえずきながら、見あげてきた。

そのアーモンド形の目が見る間に涙ぐんできて、その驚愕と悲しさの混ざった表情が崇史をかきたてる。

「苦しいか？　つらいか？」

問うと、美沙子は小刻みに顔を左右に振る。

（たまらんな、この気丈さが……）

両手で頭部をつかみ寄せて、思い切り深いところに切っ先をえぐり込んだ。

Оの字にひろがった唇がたわみながら、肉棹にからみついてくる。

つづけざまに喉まで届かせたとき、

「ぐがっ……！」

美沙子はえずきながら、崇史の手を振り払って、後ろに飛びすさった。

両手を背中で赤いロープでくくられたまま、横臥し、胎児のように身体を丸めて、えずいている。

（この女、苦しめるほどにいい表情をする）

嗜虐心をくすぐられて、崇史は一気呵成《かせい》に攻める。

いまだえずきの止まらない美沙子をベッドに這わせて、尻を持ちあげた。

背中の赤いロープで縛られた両手首の先のほうが、血流が滞っているのか、赤紫に変色している。

ところどころ赤くなった白磁のような双臀の底には、わずかにひろがった陰唇の狭間で、濃いピンクの粘膜が露呈して、ぬめ光っていた。

唾液まみれのイチモツを、一気に突き入れる。

「うあっ……！」

美沙子が凄絶に呻いて、がくんと震えた。

（おおぅ、締まってくる！）

強烈な締めつけに、崇史もぐっと奥歯に力を入れる。

きっと、いやな物を拒否しようという力が自然に働いているのだろう。それが、強烈な締めつけとなるのだから、面白い。

「そうら、ずっぽりとおさまってしまったぞ。どうした？　抵抗しないのか？」

言葉でなぶると、美沙子が腰をよじって、抵抗を示した。

しかし、崇史が腰を両手で左右から、がっちりとつかまえているので、わずかな動きにしかならない。

しばらくピストンしないでじっとしていると、膣から力が抜けて、内部の粘膜がまったりとからみついてきた。

オマ×コは挿入して、動かさないでいれば、自然に馴染んでくるようにできている。粘膜が勝手に男根の形を理解して、隙間なくまとわりついてくるのだ。

「ふらふらするな。足をもっと大きく開け」

命じると、美沙子は少しのためらいの後で、おずおずと膝を開いた。

腰の位置が低くなり、安定感も増したところで、崇史は静かに抽送をはじめる。

くびれたウエストをがっちりとホールドしながら、ゆっくりと大きく腰を振る。

最大限に怒張したイチモツが、ずりゅっ、ずりゅっと体内を押し広げながら、潜り込んでいって、

「んっ……んっ……!」

美沙子は声が洩れそうになるのを必死にこらえている。

両手を背中でひとつにくくられ、顔の側面で体重を支えながら、くぐもった声をあげる美沙子――。

(たまらん女だ。必死にこらえている様子がそそる!)

崇史は右手で後手にくくられた箇所をつかんで、ぐいぐい打ち込んでいく。

徐々に奥まで届かせると、美沙子は全身を揺らしながら、

「うんっ……うんっ……」

喘ぎを押し殺している。

崇史は左手で尻たぶをつかんだ。右手で後手の部分を引き寄せ、左手で尻たぶをぎゅうと鷲づかみしながら、反動をつけた一撃を叩き込むと、

「あんっ……！」

美沙子から明確な喘ぎが洩れた。

「いい声が出たぞ。もっと喘げ」

たてつづけに打ち込んだが、美沙子は必死に喘ぎを押し殺す。

（いいぞ。それで、いい……簡単に落ちてはつまらん。これで、どうだ？）

崇史は左手でパチーンと尻たぶを平手打ちした。

「ああっ……！」

こらえていた喘ぎが撥ねて、いまだとばかりにつづけざまに膣に強烈なストレートを叩き込むと、

「あんっ……あんっ……！」

美沙子が今夜、初めて明確に喘いだ。

（そうだ。それでいい……）

崇史はもう一度、パチーンと尻ビンタを浴びせ、その衝撃がつづいているうちに、猛烈に打ち込んだ。すると、美沙子は箍が外れたように、

「あんっ、あんっ、あんっ……！」

喘ぎ声をスタッカートさせる。

崇史は尻たぶをスパンキングし、後手の部分をつかみ寄せて、一気に追い込んでいく。

「あん、あんっ……ぁああ、許してください……」

美沙子が喘ぎながらも、訴えてくる。

「ダメだ。許さん……気持ちいいと言え。お義父さまにオマ×コを犯されて、気持ちいいですと言え。それが言えたら、許してやる」

崇史はあえて意地悪なことを言う。

美沙子は無言を貫いて、ざんばらに乱した髪をいやいやをするように振っている。

（思った通りだ。それでいい）

「言えないなら、つづけるしかないな」

崇史はまた尻を平手打ちし、その衝撃がおさまらないうちに、怒張を叩きつける。

完全勃起したイチモツが膣を擦りあげながら、奥を突いて、

「あんっ……あんっ……あんっ……！」

美沙子は下を向いた乳房を揺らしながら、甲高く喘ぐ。

尻ビンタをしてから、連続して突く。それを繰り返していると、美沙子の肢体が痙攣をはじめた。

もう喘ぐこともできなくなって、啜り泣くような声をあげ、がくん、がくんと躍りあがっている。

白磁のようだった尻が指の形に赤く染まり、背中でくくられた手指がジャンケンをするときのように握られたり、開かれたりする。

「身体は正直だな。身体がイキたがっているぞ。いいんだぞ。素直になれよ。イケよ、イケ！」

崇史がスパートすると、

「あん、あんっ、あんっ……ぁあああうぅぅ、くっ……！」

美沙子は背中をしならせながら、がくん、がくんと躍りあがり、腕を放すと、痙攣しながら前に突っ伏していった。

忌み嫌っている男にイカされるのは、どんな気持ちなのだろうか？　それを思うと、崇史は心底から昂奮する。

5

ベッドにぶちまけた責め具のなかから、黒いボールギャグをつかんだ。穴の空いたゴルフ大のプラスチックの球を中心に、ストラップが伸びている。

猿ぐつわの一種で、これを口に噛ませれば、音節言語はしゃべれない。それに、唾液がだらだらとしたたるはずだ。

腹這いになって、ぐったりしている美沙子を座らせて、背後からボールを口に噛ませ、ストラップを後頭部にまわして、ぐいと引っ張って留める。

それから、後手にくくったロープを外して、両手を前にまわさせて、黒革の手枷《かせ》を嵌める。

左右の手首に革の幅広の手枷をまわして、バックルで留め、左右をカラビナフックでつないだ。

（イったな……）

陶酔状態でされるがままにうつむいていた美沙子の髪をつかんで、顔をあげさせる。アーモンド形の目にうっすらと涙が滲んでいた。それでも、気丈に睨みつけてくる。その美貌は口をボールで割られて、唇がOの字に開き、黒いストラップが頬に食い込んでいる。

「いい顔だぞ。そそられる顔だ。何かしゃべってみろ」

髪をつかんだまま言う。

美沙子は何か言おうとしたが、それは「おおっ、ぐごっ」という不明瞭な音声にしかならず、美沙子は眉を八の字に折った。

ひとしきり呻いて、美沙子は荒い息を吐く。すると、穴の空いたボールが笛の役割をするのか、唾液がしたたり、ヒュー、ヒューと笛のような音が鳴った。

「何だ、その音は。こうしたらどうだ？」

崇史は鼻をつまんでやる。すると、美沙子は口だけで、

「あふっ、あふっ……」

苦しげに、大きく呼吸をする。今度は笛の音は聞こえない。

「舌で穴をふさいでいるだろう？　舌をボールの下に潜り込ませろ。やるんだ！」

そう叱咤すると、ふたたび、ヒュー、ヒューと笛の音が鳴りはじめた。

「そうだ、それでいい……面白いことを思いついたぞ」

崇史は散らばっていた責め具のなかから、透明なアクリル板と吸着盤のついた肌色の大型ディルドーをつかんだ。

「このマラには、吸着盤がついているだろ？　これをどう使うかわかるか？」

美沙子が不思議そうな顔をする。

「こうするんだ」

美沙子の見ている前で、大きなアクリル板をシーツの上に置いて、その中心にディルドーをバンと打ち据えた。

すると、吸着盤がアクリル板にぴたっと張りつく。

長さが二十センチ近い、亀頭部も血管も睾丸もリアルにかたどられたシリコン製の張り形がほぼ垂直にそそりたっている。

それを見た美沙子が、表情を強張らせるのがはっきりとわかった。

崇史はローションの容器から、ローションを出して、それを大型ディルドーに万遍なく伸ばしてやる。

「ローションなどなくてもいいんだが、俺はやさしいからな。それに、この張り形は長さが二十センチで直径も四センチある。美沙子のオマ×コに入りやすいようにしてやっているんだ。感謝してくれよ……またがって、自分で入れろ！」

叱咤したものの、美沙子は怯えた顔でいやいやするように首を振った。

「事情がわかっていないようだな。これまでこの部屋で起きたことはすべて監視カメラで撮られて、記録してある。美沙子が俺のマラで貫かれて、はしたなく昇りつめたところも。これを、吉彦に見せてやる。それでも、いいんだな？」

脅しをかけると、美沙子はそれは絶対にダメとでも言うように、激しく首を左右に振る。

「だったら、俺の言うことを聞け。言っただろう？　今夜だけだと……美沙子が言うことを素直に聞いて、きっちりと感じたら、お前を我が家の嫁として認めてやる。悪い条件じゃないだろ？　どちらを選ぶんだ……？　やるんだな。やるのなら、うなずけ。やりたくないのなら、首を左右に振れ。どっちだ？」

決断をせまると、美沙子は悔しそうにぎゅっと唇を噛みしめながらも、こくりとうなずいた。

「そうだ。それでいい……素直に従えば、悪いようにはしない。立って、これにまたがれ。早く！」

ビシッと言うと、美沙子は観念したのか、ふらふらしながらも腰を浮かした。

足をひろげさせ、その真下にアクリル板を置いた。

「自分で入れろ」

叱咤すると、美沙子は蹲踞《そんきょ》の姿勢になって、腰を落とした。下を向いて、前でひとつに拘束された手指を使って、ディルドーを濡れ溝に押し当てる。

受け入れようとするものの、ローションまみれの張り形はつるっとすべって、弾かれてしまう。

「しょうがないな。俺が支えてやるから、そのまま腰を落とせ」

崇史はディルドーを握って、固定させる。

美沙子が蹲踞の姿勢になって、腰を落としてくるものの、張り形が太すぎるためか、上手く入っていかない。

「思い切って、腰を落とせ。こうだ」

崇史は後ろからディルドーを支えながら、美沙子の腰を上から押した。

すると、ひろがった膣口が大型張り形を迎え入れて、

「ふわああっ……！」

美沙子は口枷の間からふいごのような息をこぼし、顔を大きくのけぞらせる。

見ると、肌色のディルドーが半分ほど姿を消していた。

そして、美沙子はもうそれだけで精一杯という様子で、開いた太腿をがくがくと震わせながら、ぎゅっと眉根を寄せている。

「デカすぎて、つらいか？」

訊くと、美沙子は何度も顔を縦に振る。

「まだ、半分以上余ってるぞ。奥まで入れてみろ」

美沙子がつらそうに顔を横に振る。

「ダメだ。できないようだったら、吉彦との結婚は認めないぞ。これができるようなら、結婚を許してやる」

甘い餌をちらつかせた。ニンジン作戦である。

美沙子は甘い餌に食いついてきた。

足をM字に開いた姿勢で、奥に導こうとするものの、バランスを崩してしまって、上手くいかない。

「しょうがないな。助けてやる」

崇史は正面に立って、美沙子のひとつにくくられた腕をつかんで、バランスを取ってやる。

「これで、大丈夫だろう。やれ！」

美沙子は足を踏ん張って、スクワットの要領で腰を落とす。落としては、ビクッとして腰を持ちあげる。

それを数度してから、思い切ったように腰を沈ませる。肌色の大型ディルドーが美沙子の膣をこじ開けていき、

「ふぁあああ……！」

美沙子が泣きだしそうな顔をして、顔をのけぞらせた。

覗くと、ピンクのディルドーがほぼ根元まで、美沙子の膣に埋まり込んでいる。

「やれば、できるじゃないか……すごいオマ×コだな。二十センチを呑み込みやがって……支えてやるから、出し入れしてみろ。スクワットと同じだろう……やれよ！」

叱咤すると、美沙子がゆっくりと尻を持ちあげていく。

美沙子はぶるぶると太腿を震わせながら、黒いボールギャグを噛みしめて、腰をあげていく。

「そこから、落とせ。思い切ってな」

美沙子はおずおずと腰を落としていく。野太いマラが呑み込まれていき、

「ふああ……！」

美沙子は声にならない喘ぎを噴きこぼして、がくん、がくんと震えた。

（イッているのか？）

ここぞとばかりに崇史は追い討ちをかける。

「休むな。そのまま、つづけろ！　返事は！」

美沙子は素直にうなずいて、黒いゴルフ大の穴開きボールを噛みしめながら、眉根を寄せて、腰をゆっくりと引きあげていく。

肌色のディルドーが濡れて光っている。美沙子は腰をあげるときは、うっとりとした顔をする。

「落とせ！」

命じると、そこから徐々に腰を沈ませていく。

「ふぁあああ……！」

くぐもった声を洩らしながら、崇史の腕にしがみつき、落としきると、びくんと撥ねる。

「繰り返せ！」

こくんとうなずいて、美沙子はスクワットでもするようにゆっくりと腰を上げ下げする。負担のかかっているM字に開いた太腿が痙攣している。

「いいぞ。もっと速く！」

美沙子はいやいやをするように首を振りながらも、言われたようにつづけざまに腰を上げ下げする。

「うあっ……うあっ……うあっ……」

連続して喘いで、崇史を見あげてくる。

アーモンド形の目がとろんとして潤み、まるでイッている女のような表情をしている。ボールギャグの穴から、たらたらと唾液がしたたっている。

「いいぞ。もっと、つづけろ!」

本格的にイカせたくて言う。と、美沙子は激しく腰を上下動させていたが、やがて、根元まで呑み込んだところで、腰をグラインドさせて、

「あっ……!」

がくんとのけぞって、痙攣しながらも、どっと横に倒れ込んだ。

胎児のように丸まって、口に食い込んだボールギャグの穴から、笛鳴りに似た息をこぼしている。

「イッたな? こんなデカイ張り形で気を遣るとはな……美沙子は涼しげな顔をしているのに本物の色狂いだな。いいぞ。調教しがいがある。竜崎家の嫁に相応しい」

崇史は言う。本心だった。いつの間にか、崇史のなかには、美沙子を息子の嫁とし

て家に迎え入れて、自分が徹底的な調教をほどこせば、最高の愛玩奴隷になるのではないかという思いが芽生えていた。

ぐったりしている美沙子を仰向けにさせて、膝をすくいあげた。

さっきまで魁偉を呑み込んでいたのに、美沙子の花園は今はぴったりと閉じ合わさって、ふっくらとして楚々とした佇まいを見せている。

(回復が早いな。いいぞ、これでこそ名器だ)

翳りの底に亀頭部を押しつけて、めり込ませていく。

強い抵抗感を示しながら、いきりたちが美沙子の体内深く潜り込んでいって、

「あおっ……！」

美沙子が顔を撥ねあげる。

崇史は膝を放して、覆いかぶさっていく。

革の手枷でひとつにくくられた両腕を頭上にあげさせて、腕立て伏せの形で腰をつかう。

とろとろに蕩けた粘膜が怒張にからみついてきて、ぐっと性感が高まる。

ぴたっとストロークをやめると、内部の粘膜がうごめきながら、肉柱を内へ内へと手繰り寄せようとする。

(温かくて、粘りけもある。何より、勃起を吸い込もうとする。やはり、吉彦だけにやらせておくのは惜しい。だいたい、この好きもののオマ×コは棹一本では物足りないだろう)

美沙子は口枷をされていて、喘いでもわからないという思いがあるのか、打ち据えるたびに、

「あふっ、あふっ……あふっ……」

と、言葉にならない声を洩らしている。

両腋が丸見えで、形のいい乳房もぶるん、ぶるるんと縦揺れする。

ボールギャグの穴からは、溜まった唾液が垂れ落ちて、顎へと伝っている。

(たまらん女だ……)

崇史は腋の下に顔を寄せて、ぬるっと舐めあげていく。

打ち込みながら、その勢いを利用して、腋窩から二の腕にかけて、舌を走らせる。

「あふっ……あおおお……」

感じたのか、美沙子は大きく顔をのけぞらせる。

ミルクを溶かし込んだようなつるつるの肌に痙攣のさざ波が走り、時々、がくん、がくんと大きく震える。

「汗くさいぞ。それに、しょっぱいな……お前の腋はあんまり美味しくないな」

言葉でなぶると、美沙子は我に返ったように腋を締めようとするが、手枷をされているから、それもままならない。

ふいごのように息を吸い、吐き、さかんに顔を左右に振る。

それでも、ツーッと二の腕にかけて舐めあげると、

「あふっ……！」

美沙子はビクッとして、顔をのけぞらせる。

腋の下から乳房へとねっとりと舐めあげていく。

たわわだが、形もいい乳房をぐいと鷲づかみにして、乳首に吸いつくと、

「ぁあああぁぉぉ……！」

美沙子は声をあげて、大きくのけぞった。

(こいつ、乳首が弱いんだったな)

柔らかくて、揉みがいのある乳房を思い切り揉みしだきながら、先端を舌で弾いてやる。

「ふあっ、ふあっ、ふあっ……」

美沙子は敏感に喘いで、がくん、がくんと震える。

しこりきった乳首を丹念に舌で転がし、吸っては吐きだすのを繰り返すうちに、美沙子の下腹部がもっととばかりにうねって、濡れ溝を擦りつけてくる。

(やはり、そうだ)

(オマ×コに欲しがっている。これが、美沙子の正体か……!)

張りつめた乳肌が仄かに桜色に染まり、そそりたつ乳首も赤さを増している。揉むたびに形を変える乳肌からは、青い血管が透けだしている。

崇史はキスをするようにして、唇からはみ出している黒いボールを舐めてやる。幾つかの穴からあふれている唾液をぬるっとすくいとる。

美沙子のあふれさせた唾液は、適度に生臭くて美味しい。

喘ぎ声が聞きたくなった。

「ボールギャグを外してやる。助けを求めても誰も来ないからな……外してもらいたいか?」

訊くと、美沙子はこくんとうなずいた。

「いい声を聞かせろよ。今さら、貞淑ぶっても遅いんだからな。愉しめ。こらえるんじゃないぞ」

言い聞かせて、ストラップをゆるめて外してやる。

美沙子が口枷から解放されて、安堵の深呼吸をし、唾液にまみれた唇を舐めた。

崇史は両足をすくいあげて、肩にかける。そのまま、ぐっと屈み込んで、体重を乗せ、両手をシーツに突いた。

美沙子の裸身が腰からV字に折れ曲がって、

「ぁあうぅ……！」

つらそうに顔をしかめた。

「美沙子は奥が弱いだろ？　さっきも張り形を奥に当てて、イッた。この体位は、奥を突くには最高の体位だ。いいんだぞ。声を出して……苦しめ。苦しみながら、昇りつめろ。好きだろ、そういうのが」

言い聞かせて、上から肉棹を振りおろしていく。

ズンッと奥に届かせると、

「あんっ……！」

美沙子が顔をゆがめて喘いだ。

「それでいいんだ。素直に喘ぐんだ。そうしたら、吉彦との結婚を認めてやる」

そう言って、上から打ちおろし、途中から方向を変えて、すくいあげる。ギンギンになったカリが肉路を擦りあげていき、子宮口に届いて、

「ぁああうぅ……！」

美沙子が頭上にあげたひとつにくくられた手とともに、顔をぎりぎりまでのけぞらせる。

「気持ちいいか？」

美沙子は答えない。

「もう一度、訊く。気持ちいいか？」

「……はい」

美沙子がぼそっと答える。

「それではダメだ」

崇史は連続して、ぐいぐいと打ちおろし、しゃくりあげていく。

「あんっ……あんっ……ぁあああうぅ」

「気持ちいいか。言え！」

「……はい、気持ちいいです」

美沙子がようやく待っていた言葉を口にした。

「そうだ。それでいい……そうら、行くぞ」

崇史はぐいぐいと突いておいて、訊く。

「気持ちいいか？」

「はい、気持ちいい……ぁあああ、狂ってしまう。ぁああ、いや……あん、あんっ、あんっ……」

「気持ちいいか？」

「はい……気持ちいい。気持ちいい……あんっ、あんっ、あっ」

美沙子がこらえていたものを解き放つように、喘いだ。

「もっとだ。もっと言え！」

「あんっ、あんっ、あっ……ぁあああ、許して……もう、もう、イキそう」

「イケよ。許してやる。思い切り声をあげて、イケよ。そのほうが、気持ちいいんだぞ。そうら……」

体重を乗せたストロークをたてつづけに、打ち込んだとき、美沙子の様子がいよいよ逼迫してきた。

ぐぐっ、ぐぐっと顎と胸をせりあげ、さしせまった様子で喘ぐ。

「あんっ、あんっ、あんっ……イキます」

「イケぇ！」

深いところに叩き込んだとき、

「イキます、イッちゃう……いやぁあああああぁぁぁぁ、はうっッ！」

美沙子がぐーんとのけぞって、がくん、がくんと躍りあがった。

膣がエクスタシーの収縮をするのか感じ取って、もう一太刀浴びせたとき、崇史も目眩くような瞬間を迎えた。

しぶく男液を奥まで届かせながら、美沙子のイキ顔を見つづけた。

6

二日後の夕食時、大型のダイニングテーブルの前に腰をおろして、崇史はほくそ笑んでいた。そのポケットには小さなリモコンがしのばせてある。

今夜は家族全員が集まって、食卓についている。

父の勝利も、妻の祐子も、息子の吉彦も、その妻候補の高階美沙子も全員が豪華なディナーを愉しんでいる。コースの料理を配膳しているのは、ワンピースに白いエプロンをつけた心春だ。

スープを飲み終えて、崇史はポケットのなかに手を入れて、リモコンのスイッチを長押しした。これで、ローターが振動をはじめたはずだ。

ちらりと美沙子に目をやると、美沙子はスプーンを使う手を止めて、急にうつむいた。

(反応が早いな……さすがだ。打てば響く身体をしている)

今、美沙子の膣には卵形の大型ローターがおさまっている。さっき部屋に呼んで、挿入しておいた。それに、美沙子はブラジャーをつけていない。しかも、ニットを着させているから、左右の乳首がつんとせりだしてしまっている。

二日前に美沙子とのセックスを終えて、崇史は考えを変えた。

美沙子を自分の奴隷として、竜崎家に住まわせたいと――。

決定するまでは、まだ一週間の猶予がある。その間に、美沙子を徹底的に調教するつもりだ。美沙子にはそれに耐えられたら、竜崎家の嫁として迎え入れるということを言ってある。

今日の試験に関しても、美沙子は強く拒むことをせずに、結局はこの試練を受け入れた。

吉彦と結婚したいという気持ちももちろんあるだろう。

だがそれ以上に、美沙子はマゾ的な体質を持っているという確信があった。

後手にくくり、猿ぐつわを嵌めた屈辱的なセックスで、美沙子は貞節を捨てて、最終的には昇りつめた。しかも一度だけではない。何度も気を遣った。

美沙子は強烈なエクスタシーのなかで、自分の体質を理解したのではないか？　そして、今はさらなる調教を求めているのではないか？

今、夫になるはずの吉彦のいるなかで、膣にローターを挿入され、そのリモコンを崇史に操られているのだ。美沙子は途轍もない屈辱と羞恥と恐怖に見舞われているはずだ。

何も知らない吉彦は、美沙子に時々話しかけながら、平和な顔でスープを飲んでいる。

（バカか、お前は。愛する妻候補の異変に気づかないとは……吉彦は竜崎家の男としてはやさしすぎる。仕事に関しても、何に関しても甘すぎる。自分が善人だから、他人の悪意に気づかない。美沙子は竜崎家の男たちにされていることを絶対に吉彦に話さない。吉彦は妻候補が直面している困難にも、おそらく気づいていない。結婚を認め、美沙子を我が家に迎え入れたとしても、秘密裏にすれば、妻が何をされているか気づかないだろう）

食卓には魚料理が出され、それを美沙子は我慢しながら、ナイフとフォークで口に運んでいる。

崇史はポケットのなかのコントローラーの調整ボタンを手さぐりでさがす。この遠隔装置には振動の強弱や、リズムを変えるボタンもついている。

振動を強のほうに操作すると、美沙子は一瞬、眉根を寄せて、ちらりと崇史のほうを見た。

人にはわからないように、いやいやをするように首を振る。

（そうか……やはり、強のほうが感じるか……）

崇史は強のまま、リズムを変えた。今、美沙子の体内では、ビーッ、ビビッ、ビーッと卵形ローターが膣を震わせているはずだ。

美沙子がナイフとフォークを使う手を完全に止めて、うつむいた。

ようやく異変を感じたのか、

「どうした……体調悪いのか？」

吉彦が美沙子に訊いた。

「いいえ、何でもありません」

「本当か？　熱でもあるんじゃないか？　顔が赤いぞ」

親切な吉彦は、美沙子の額に手を当てて、

「熱はないね。だけど、汗ばんでる。体調悪いようなら、無理に食べなくてもいいぞ」

心配そうに言う。

「いいえ、大丈夫です。本当に」

美沙子が気丈に言って、また魚料理を口に運びはじめる。

(それで、いいんだ。美沙子のこのぎりぎりまで耐えるところがいい)

崇史はコントローラーを弱に調整して、責めをゆるめてやる。

弱にしている間は、どうにか料理を食べられるようだ。

やがて、ディナーの肉料理が来て、美沙子はそれをナイフで切り、フォークで口に運ぶ。

最初ははっきりとわからなかった乳首が昂奮してせりだしてきたのだろう、今ではニットを通して、二つの突起が完全にわかる。

おそらく、父の勝利にはノーブラであることがわかっているだろう。もしかしたら、何か異変が起きていることにも気づいているのかもしれない。さっきから、美沙子を見る目が尋常でない。

崇史はそろそろ美沙子を追い込みたくなって、リモコンスイッチの強度をマックスにして、振動のリズムも変えてやる。

打ち込むような強弱をつけたリズムにすると、美沙子の手がぴたりと止まった。子宮に響いてくる強い震度を必死にこらえているようだ。

うつむいて唇を嚙んでいる。

リズムを強の連続にすると、「あっ」と唇がほどけた。

両手で太腿の付け根をスカートの上から、ぎゅうと押さえる。明らかに息づかいが速くなり、額に汗が噴き出している。

さすがに、異常に気づいたのだろう。

吉彦が何か言って、美沙子がうなずいた。

「申し訳ない。美沙子さんが体調悪いようで、これ以上は無理みたいなんだ。退席させたいんだけど、いいかな?」

吉彦が家族を見まわす。

「いいぞ、かまわん。退席を許す」

崇史は真っ先に許可をした。そういう予定だった。

美沙子には我慢できなくなったら、二階のトイレに入るように言ってある。

「みなさま、心春さん、こんな美味しいお料理を……と、途中で、ぬ、抜けることをお許しください。みなさまはわたしのことは気にせずに、ごゆっくりと召し上がってください。失礼いたします……吉彦さんも最後まで」

美沙子はそう言って、ダイニングルームを出ていく。

何とも言えない沈黙が流れた。崇史は残っていたメインディッシュを急いで平らげて、

「俺は甘いものは好きじゃないから、デザートはいい。先に部屋にあがっているから、みんなはゆっくりとデザートとコーヒーを愉しんでくれ」

席を立ち、二階へと向かう。

今頃二階のトイレでは、美沙子が崇史を待ちわびていることだろう。

ローターは絶対に外さないように、強く命じてある。

急いで階段をあがり、二階のトイレの前で立ち止まって、ノックをする。

「俺だ」

声をかけると、美沙子がドアを内側に開けた。

なかに入り、内鍵をかけて、佇んでいる美沙子を抱きしめた。耳元で、パンティを脱ぐように言う。

竜崎家のトイレは広い。

脱いだ白のパンティの基底部には、べっとりと淫蜜が付着していた。

「こんなに濡らして……」

崇史は愛蜜を舐めて味わい、スカートのなかに手を差し込んで、いまだそこが振動しているのを確認する。

便器の蓋を開けさせて、美沙子を座らせ、その前に立ち、ズボンとブリーフを脱いだ。

まだ家族たちは食事を摂っている。今頃はデザートだろうが、うちはゆっくりとコーヒーを飲む習慣だから、しばらくは大丈夫だ。

たとえ吉彦が心配して、途中で席を立ったとしても、まさか、美沙子がここにいるとは思わないだろう。

「咥えろ」

命じると、美沙子はわずかなためらいの後で、しゃぶりついてきた。

長時間、膣をローターで刺激されて、もう男根が欲しくてたまらないのだろう。

便座に腰をおろした姿勢で、いきりたつものの根元を握り、しごきあげながら、亀頭部に唇をかぶせてくる。

情感を込めて、太棹の根元を握りしごき、それと同じリズムで唇を往復させて、亀頭冠を刺激してくる。

(おおぅ、たまらん……!)

崇史は美沙子を落としたことの悦びに酔いしれる。

美沙子は髪を振り乱しながら、一途にイチモツをしごき、頬張ってくる。下のほうからはビーン、ビーンという低く、くぐもった振動音がわずかに聞こえる。

美沙子は手を肉棹から離して、いきりたちを一気に根元まで頬張り、しばらく、じっとしていた。それから、強烈にバキュームしながら、唇を往復させる。

右手では、睾丸を下からやわやわとあやしてくる。

その一心不乱な口唇愛撫に、崇史は挿入したくなった。

美沙子を立たせて、ニットをまくりあげる。

転げ出てきたノーブラの乳房を揉みしだき、赤く尖った乳首にしゃぶりついた。チューチュー吸い、舌で転がすと、

「ぁあああ、あうぅぅ」

美沙子が気持ち良さそうに顔をのけぞらせる。

「ぶち込まれたいか?」

「はい……これを」

美沙子が屹立を握った。

（よしよし、いい子だ）

美沙子を後ろ向きにして、蓋を閉じた便器に両手を突かせる。腰を後ろに引き寄せて、スカートをまくりあげた。

膣から出ている輪になった紐を引っ張ると、ちゅるっとローターが出てきた。紫色の卵形大型ローターは半透明の蜜にまみれて、いまだに振動をつづけている。

スイッチを切って、振動を止めた。

背中をぐいと押して、尻を突き出させ、大量の蜜でぬらぬらと光る狭間に、切っ先を添えて、押し込んでいく。

つい今し方までローターを呑み込んでいた肉路は、ぬるぬるっと男根を受け入れて、

「あぐっ……！」

美沙子が顔を撥ねあげる。

崇史は細腰をつかみ寄せて、徐々にストロークのピッチをあげていく。

「んっ……んっ……ぁあああぅぅ」

美沙子がくぐもった声で喘いだ。

「大丈夫だ。あいつらはまだ二階にはあがってこない。声を出してもいいんだぞ」

言い聞かせて、強く叩き込むと、

「あんっ……あんっ……あんっ……」

美沙子が喘ぐ。背中をいっぱいにしならせて、打ち込むたびに長い髪を揺らせている。

崇史は右手を伸ばして、ニットを引きあげ、あらわになった乳房をつかんだ。

荒々しく揉みしだき、その柔らかさとは打って変わって、カチカチになっている乳首を押しつぶすように捏ねる。

すると、乳首の弱い美沙子の気配が変わった。

「ぁああ、あうぅ、許して……許してください……あんっ、あんっ！」

美沙子は押さえきれない声をあげる。

しこりきった乳首をぎゅっと圧迫すると、膣も連動して締まり、怒張を食いしめてくる。

（この女、たまらん。絶対に肉奴隷にしてやる）

崇史は乳首をいじりながら、ガンガン打ち込んでいく。

「あっ、あっ……ぁあああ、もう、もう……」

「どうした？　イキそうか？　答えろ」

「はい……もう、イクぅ」

美沙子が答える。

「どうしようもない女だな。さっきも家族の見ている前で、イキそうになりやがって……しかも、吉彦のすぐ隣でな。高階美沙子が才色兼備の女だって？　笑わせるな。お前はただのどＭの色情狂だ。どうしようもないメスなんだよ」

崇史が言葉でなぶると、我に返ったのか、美沙子がいやいやと顔を振る。

「頭では違っても、肉体がそれを裏切る。いや、違うな。もともと、精神的にもＭなんだろうな。お前は吉彦に尽くすことに、生きがいを見つけていた。これからは、俺に尽くせ。この家で権限を握っているのは、俺だ。動物のメスは、そのグループのリーダーに気に入られてこそ、地位を獲得できる。美沙子も同じだ。リーダーの俺に尽くせ」

言い聞かせて、崇史は乳首を捏ねながら、屹立でぐりぐりと膣をかきまわす。

どろどろに蕩けた粘膜がからみついてきて、崇史は両手で腰をつかみ寄せた。

粘りついてくる肉襞を押し退けるようにして、徐々に強く打ち込んでいく。

「あんっ、あんっ、あんっ……ぁあああ、もう、もう……」

「イキそうか？」

「はい……はい……」

「いいぞ。イッて。そうら、イケよ。イキたいだろ？」

「はい、イキたい」

「そうら……」

崇史がたてつづけに深いところにえぐり込んだとき、

「イク、イク、イキます……はぅ！」

美沙子が昇りつめて、がくん、がくんと腰を落とした。

「まだだぞ」

震える腰を支えて、もう一度スパートしたとき、崇史にも至福の瞬間がやってきた。

熱い男液をドクッ、ドクッと美沙子の体内に送り込んだ。その歓喜に尻が勝手に震えた。

第五章　専属運転手と

1

高杉清二《たかすぎせいじ》は、竜崎家の専属運転手である。

二年前の二十四歳のとき、高校卒業で何度も転職を繰り返し、定職につけずに借金生活をしているところを、たまたま竜崎崇史に拾われて、竜崎家の専属運転手になった。

S不動産で短期のアルバイトをしているとき、崇史を社用車に乗せた。

そのときの対応と安全運転を評価されて、崇史にこう言われた。

『うちの専属運転手が歳でやめるんだが、きみ、うちの専属運転手にならないか？

きみの礼儀正しさと確かな運転技術が気に入った。給料はそれなりに出す。ぜひ、やってもらいたい』

地獄に仏とはまさにこのことだった。

二つ返事で引き受けた。住み込みで、家賃はただ。しかも、給料もそれなりに貰えた。そのお蔭で、借金をすべて返すことができた。

もしあのとき、竜崎崇史に声をかけられなかったら、今頃は、借金地獄で取り立て屋から逃げまわるはめになっていただろう。

それ以来、清二は竜崎崇史に絶大な信頼を寄せている。

時間があるときは、愛車レクサスをぴかぴかに磨いている。

その日、崇史は出勤せず、昼過ぎに、崇史自ら髙階美沙子を連れてきて、Mデパートまでの送り迎えをするように言われた。

春用のコートをまとった美沙子は、相変わらず楚々として、女性らしい洗練された好ましさが感じられた。

崇史の息子であり、跡継ぎである吉彦坊っちゃまの嫁候補だと紹介されたときから、竜崎家の女たちとは違うオーラを感じて、好印象を抱いた。

しかし、まっすぐすぎて、竜崎家には馴染めないのではないか、という危惧も感じていた。

とくに、崇史には気難しいところがあるから、息子の嫁として認めさせるのは大変だろう。しかし、途中から様相が変わって、美沙子は崇史に受け入れられているようだった。今も、崇史の美沙子を見る目には、慈しんでいるような表情が感じられる。

紺色のスーツを着た清二が畏まって、後部ドアを開けると、

「いや、そこじゃない。美沙子は助手席に乗せてやってくれ……それから、美沙子の言うことには逆らうな。言われるとおりにしろ。わかったな?」

崇史が言って、清二は「はい」と返事をし、助手席側のドアを開けた。

「美沙子、なかは温かい。コートを脱いで、リアシートに置け」

「はい」

美沙子は素直に従って、コートを脱ぎ、リアシートに置いた。その姿に驚いた。美沙子は膝上二十センチのミニのニットワンピースを着ていた。

白いタイトなニットワンピースでそのたおやかなボディラインが浮かびあがり、気のせいなのか、胸のふくらみのほぼ中心に、ポチッとした二つの突起がせりだしているように見える。そして、美沙子はさり気なく胸の突起を両肘で隠している。

(まさか、ノーブラのはずがない。気のせいだろう)

美沙子が助手席に乗り込むのを確認して、清二も運転席につく。

シートベルトを締めて、美沙子を見ると、シートベルトが胸のふくらみを斜めに横切り、乳房の形がいっそうくっきりと見えた。

だが、よそ見をしていては、事故を起こしかねない。車体を擦っただけでも、崇史は容赦がないから、自分はクビになるだろう。

崇史が両腕を組んで、見守っているのをバックミラーで確認しながら、清二は慎重に車を出す。

しっかりと左右を確認して、道路に出た。

季節は春に向かっているが、桜は芽を出したところだろうか。

この時間にはほとんど渋滞はないから、Mデパートまでは二十分くらいだろう。

清二は慎重に車を走らせる。だが、さっきから香水なのだろうか、フローラルな甘い香りが鼻孔をくすぐっている。

赤信号に当たって、車を止めた。

ちらりと横に視線をやると、白いニットワンピースの短い裾から、おそらく肌色のパンティストッキングに包まれているだろう、むっちりとした太腿がかなり際どいところまで見えて、ドキッとする。

しかも、美沙子は上気した顔で、左右の太腿をぎゅうとよじり合わせたり、反対に少し開いたりしている。それに、シートに乗っている腰が心なしかもじもじしている。

(どうしたんだろう? どこか具合が悪いのだろうか? まさか、オシッコを我慢しているなんてことはないだろう。さっき乗ったばかりなのだから)

信号が青に変わって、清二は車をスタートさせる。

女性を助手席に乗せるのは、この車では初めてだった。祐子奥様も普段はリアシートに座る。

しばらく信号を通過して、赤信号につかまった。

「あの、お義父さまから、これを高杉さんにお渡しするように、言われています」

美沙子が差し出してきたのは、紫色の小さな偏平な楕円形のものだった。

清二は信号を見ながら、それを受け取った。直前で黄色から赤に変わったから、しばらくは赤だろう。

「何ですか、これは?」

「その……ローターを操作するリモコンです」

美沙子が清二を見た。目が合って、清二はドキッとした。

アーモンド形の目が、うっすらと潤み、ととのった顔が上気していた。

「ローターと言いますと？」

「これです」

美沙子がニットの裾をおずおずと引きあげた。

肌色のパンティストッキングを通して、陰毛が透けだしている。その下のおそらく膣であろうところから、輪になった紐のようなものが見えていた。

「すみません。ここを……」

ハンドルに添えていた白い手袋を嵌めた手を持たれて、太腿の奥まで導かれた。驚いた。パンティストッキング越しに「ビーン、ビーン」という細かい振動が指に伝わってきた。ハッとして、手を離す。

（そうか、あそこにピンクローターを埋めこまれているってことか？）

前につきあっていた女に使ったことがある。確か、あれにはリモコンで遠隔操作のできるものがあったはずだ。

信号とリモコンを同時に見た。

「下のスイッチを長押しすれば、止まります。その上のスイッチを押せば、振動のリズムが変わります。一番上は強弱を調節します」

「これを、旦那様は俺に渡せと？」

「はい……おっしゃっていたでしょ？　美沙子の言うとおりにしなさいと。お義父さまは高杉さんがローターでわたしを攻めることをお望みになってらっしゃいます。その結果を報告しろとも……」

清二にはそういう趣味はないが、旦那様がそれを望むなら、しなくてはいけない。崇史がそういう加虐的な性癖の持主であることもわかっている。

崇史は車内で、公にできない電話をしたり、女性と赤裸々な会話を交わすことだってある。それだけ自分を信頼してくれていることの証でもある。

信号が青に変わって、清二はアクセルを踏む。車がスタートして、清二はリモコンを握ったまま、ハンドルを操作する。

まだ何もしていないが、自分がこの美しい女の生殺与奪権《せいさつよだつけん》を握っているような気がして、ドキドキする。

助手席では、美沙子がぴったりと閉じた太腿の作る窪みを手のひらで押さえながら、何かを耐えているように顔をのけぞらせている。

ふわっとしたウエーブヘアのかかる顔をせりあげ、眉根を寄せて、唇を嚙んでいる。ニットに包まれた腰が微妙に揺れている。それはそうだろう。あそこのなかで、バイブがすごい勢いで振動してなかを刺激しているのだから。

交差点の信号が赤で止まったとき、清二は右手に握っていたリモコンの強弱のスイッチを恐るおそる押した。

すると、振動が強になったのだろう、

「あっ……！」

助手席で、美沙子が顔をのけぞらせた。

両手でニットの上から下腹部を押さえて、いやいやをするように首を振っている。

それから、徐々に足を大きく開く。

周囲の視線から逃れるように頭の位置を低くし、腰を前にせりだして、みずからニット越しに乳房をつかんだ。

「いやいや、見ないで……」

そう口にしながらも、片手で乳房を揉みしだき、ニットからせりだしている乳首を捏ねて、

「ぁああ、ああ……もう我慢できない」

もう一方の手で開いた股間をなぞり、腰をくねらせる。

楚々としていた髙階美沙子が、今はなりふりかまわず、下腹部をせりあげ、乳房を揉みしめながら、

「ぁあ、あああ……どうにかしてください」

眉を八の字に折って、救いを求めるように清二を見ている。その瞬間、清二の股間のものは一気に力を漲らせる。

清二は信号を見ながら、左手を伸ばして、太腿の奥をまさぐった。

そこは依然として強く振動していたが、薄いパンティストッキングを通して、分泌液があふれ、濡れているのがはっきりとわかった。

清二はますます強く太腿の奥をいじる。すると、美沙子は下腹部を手のひらに擦りつけるように押しあげて、

「ぁあああ……恥ずかしいのに、気持ちいいんです……ぁあああ、もっとしてください」

今にも泣きだしそうな顔で訴えてきた。

(もっとって、どうしたらいいんだ?)

戸惑っていると、信号が青に変わり、清二は左手を股間から離して、アクセルを踏む。

昂奮で震える手でハンドルを握り、前を向いて、運転する。

もう少しで、Mデパートだ。

二人を乗せた濃紺のレクサスが道路を走る間にも、美沙子は姿勢を低くして、腰を前に突き出し、開いた足を開閉させながら、太腿の奥をまさぐり、ニット越しに乳房を揉み込んでいる。

清二のイチモツがギンギンになって、ズボンを突きあげ、苦しい。

2

車がMデパートに到着して、駐車スペースをさがした。

一、二階は空いている場所がなかったが、三階にはあった。

ひとつ空いたスペースにバックで車を停めた。左右には車が停まっていて、人影はない。

「着きましたよ」

声をかけると、シートベルトを外した美沙子が、運転席に向かって、身体を倒してきた。

エッと思ったときは、ズボンの股間をまさぐられていた。

美沙子はシフトレバーを乗り越えるようにして、身を寄せて、清二のイチモツをズボンの上から撫でさすってくる。

「い、いけません。崇史さまに、顔向けができません」

「その崇史さんが、こうしろとおっしゃっているんですよ」

美沙子が艶かしい目を向けてくる。

「ですが……美沙子さまはお坊っちゃまの……」

「関係ありません。内緒にしておけば、いいんです。人が来たら、教えてくださいね」

彼女らしくないことを潤んだ目で言って、ズボンのファスナーに手をかけた。

ジーッと引き下ろして、ブリーフのクロッチの合わせ目から、勃起をつかみだした。

美沙子の大胆すぎる行為が信じられなかった。

そして、自分のイチモツが車中で露出して、柱のようにそそりたっていることも。

「ご立派ですね。太くて、長いわ」

そう言って、美沙子が勃起を握って、静かにしごきはじめた。

清二は他人に見られるのではと、気が気でない。しかし、ゆっくりだが、巧妙に分身を握りしごかれるうちに、頭がボーッとして、そんなことはどうでもよくなった。

次の瞬間、勃起が温かい口腔に包まれていた。

見ると、美沙子はぐっと前屈し、助手席から身を乗り出すようにして、シフトレバー越しに、清二の分身を口に含んでいた。

ただ含むだけではなく、舌を裏側に擦りつけてくる。フェラチオでこれほど舌を使われたことはない。

(ああ、蛇に巻きつかれているようだ)

清二はうっとりとして、その感覚を味わった。

時々、薄目を開けて周囲を見まわすものの、近くに人影はない。

離れたところで、買い物客が帰って来て、ドアを開けている。あそこからではたとえ自分の姿が見えたとしても、屈んでいる美沙子は目に入らないだろう。

美沙子の顔が上下に振れはじめた。

ふっくらした唇で包み込んで、ゆっくりとすべらせる。

「ああ、いけません。いけま……ぁあああ……」

さすがにマズいと感じた。だが、ぐっと根元まで呑み込まれ、なかで舌をからまされると、甘い満足感で全身が満たされていく。

唇が引きあげられ、また根元までおりてくる。

それから、美沙子は右手で根元を握り、余っている部分に唇をかぶせて、ストロークをはじめた。

根元をぎゅっと握られ、しごきあげられる。

同時に、亀頭冠の出っ張りを、

「んっ、んっ、んっ……」

つづけざまに唇と舌で擦られると、ジーンとした快感がひろがってきた。

（おおぅ、気持ちいい……！）

清二はうっとりして、もたされる快感に身を任せた。もう周囲のことは気にならなくなっていた。

だが、清二にはひとつ不安があった。それは、自分が遅漏で、フェラチオされて射精したことがないことだ。

女を抱いて、挿入したときでさえ、射精に至ったのは稀だった。

エロ映像を見て、自分の右手でしごいたときは、確実に射精できるのだが……。

とくに、今はデパートの駐車場だから、完全に没入することは難しく、確実に出すことはできないだろう。

だが、美沙子は様々なやり方で、射精を誘う。

バキュームしながら啜りあげていき、ジュルルという卑猥な音まで立ててくれる。

右手で強く握って、激しくしごきながら、亀頭部を舐めてくれる。

また根元を握りしごきながら、カリを中心に唇を素早く往復させる。

こんな美人にフェラされているのだ。普通の男なら、放っているだろう。だが、一定のところまで高まるものの、どうしても射精することはできない。

美沙子が可哀相になって言った。

「ありがとう。ほんと、気持ち良かった……だけど、俺は遅漏で、フェラではイケないんです。お恥ずかしい話ですが、本番でも数えるほどしか女性のなかで果てたことがないんです。だから、もう……」

事実を明かすと、美沙子はちゅるっと吐きだして、清二を見た。

「本当に？」

「ええ、ウソではありません。事実です」

「そうですか……でしたら、ここでわたしをイカしていただけませんか？　そう命令されているので」

「……でも、ここでは人の目があって、挿入は無理です」

「挿入しなくてもけっこうです」

それから、美沙子はやり方を教えてくれた。そして、美沙子は助手席に座り直して、足を大きく開く。

太腿の途中から色の濃くなった肌色のパンティストッキングが下半身に張りついて、翳りの下に蜜を滲ませた花芯が透けて見える。

「言われたとおりにやれば、いいんですね？」

「はい……」

そう言って、美沙子はぎゅっと唇を噛んで、顔をそむけた。

清二は五台ほど離れたところの四駆が出て行くのを見送り、さらに、空いたところに軽自動車が停まり、中年夫婦が車を出て、店内のエレベーターに向かったのを見届けて、助手席に身を乗り出した。

美沙子は鈍角に足を開いている。

言われたように、パンティストッキングに手をかけて、破ろうとした。手こずったが、白い手袋を脱いで、素手でパンティストッキングを持ちあげて、指を食い込ませると、小さな裂け目ができた。

そこに指をかけて思い切り引っ張った。

乾いた音を立てて、パンティストッキングが破れ、さらに引っ張ると、大きな裂け目ができて、黒々とした翳りがのぞいた。

衝撃的な光景だった。

ぬるぬるになった恥肉の口から紫色の紐が出ていて、ビー、ビーッという振動音が聞こえる。

「ぁああ、恥ずかしいわ。あまり見ないでくださいね」

そう言いながらも、くなり、くなりとシートに尻を擦りつける美沙子を、心からエロいと感じた。

「外していいんですね？」

「はい……ぁあああ、早くぅ」

輪になっている紐を引っ張る。思いの外、抜けない。ぐっと力を込めると、紫色の卵形のローターが顔を出し、ぐちゅっと蜜がこぼれた。

そのまま引っ張ると、ぬるっと抜けた。蜜まみれのローターが激しく振動している。

「それを、お願いします」

「これでいいんですね？」

振動するローターを、繊毛の下に押し当てた。

ビーッという小刻みで強い振動が、クリトリスを刺激していることだろう、

「ぁああうぅぅ……」

美沙子が顔をのけぞらせた。他人に見つからないようにと、腰を前にせりだし、顔の位置を低くしている。

「感じますか？」

訊くと、

「はい、はい……ぁあああ、きっとわたし、すぐにイキます」

美沙子が眉根を寄せて、ちらりと清二を見た。その細められた目はボーッとして、どこを見ているのかわからない。

清二はもう一度周囲を確かめて、ニット越しに乳房を揉んだ。ノーブラの乳房はニット越しでも柔らかくたわみ、ポチッと飛び出している乳首の突起を指先で弾いて、刺激する。

「ぁああ、それ……！」

美沙子ががくんとしたので、清二はニット越しに乳首を挟んで転がし、つまんで圧迫する。

そうしながら、もう一方の手でローターをクリトリスに押しつける。

「んんんっ、んんんっ……ぁあああ、もう、もう、ダメっ……」

顔をのけぞらせる美沙子の開いた太腿がぶるぶると痙攣をはじめた。

「ぁあぁ、ああぅぅぅ……イキそう。イッていいですか？」

そう訊きながら、美沙子は両手で内腿をぎゅっとつかんでいる。

「いいですよ。いいですよ」

そう言いながら、乳首を捏ねていると、

「イク、イク、イキます……くっ！」

美沙子は撥ねて、がくがくと震えた。

3

深夜、清二は離れの布団に横になって、髙階美沙子のことを考えていた。

昼間に体験した車内での出来事は、衝撃的だった。

いくら崇史に命じられたとしても、あの情熱的なフェラチオは最高だった。しかも、最後は清二の使うローターで昇りつめたのだ。

その後、美沙子は体内にローターを入れたまま一時間ほどの買い物をして、車に戻ってきた。

帰りには、美沙子は車中で清二の生い立ちや、崇史のことを興味深げに訊いてきた。

美沙子が聞き上手なこともあって、随分といろいろなことを喋った。

その雰囲気は、まるで恋人を助手席に乗せているようで、吉彦お坊っちゃまが美沙子に惚れたのもよくわかった。

今も、美沙子にされたフェラチオの感触や、昇りつめていったときの表情を思い出してしまい、自分でしごきたくなる。

それをこらえていると、インターフォンからピンポーンという音が響いた。

（誰だろう？）

画像を見ると、ガウンを着た美沙子が佇んで、こちらを見ていた。

（美沙子さん……どうして？）

急いでドアを開けると、

「突然、すみません。よろしいですか？」

美沙子が上目づかいで訊いてきた。

「どうぞ……汚くしていますけど」

1DKの部屋で、キッチン以外は和室で、和室には布団が敷いてある。

「あの……」

用件を訊こうとしたとき、美沙子がいきなり抱きついてきた。

「どうなさったんです？」

「崇史さんに怒られました。正直に、清二さんが射精しなかったことを話したら、それでは、命令を果たしたことにはならない。もう一度、抱かれてこいと」

美沙子がしがみつきながら言う。

「本当ですか？」

「ええ、本当です」

「……あの、吉彦お坊っちゃまは？」

「今夜は東京出張で家にはいません。ですから、気になさらなくとも……崇史さんが怖いんです。助けてください」

そう言って、ぎゅっと抱きつかれると、清二は美沙子が可哀相になる。そして、どうにかしてその窮状を救ってあげたくなる。

同時に、股間のものがパジャマを突きあげる。このまま美沙子を押し倒したい。その前に感じていること告げた。

「そんな馬鹿正直に答えなくても、俺が射精したとウソをつけばよかったのに」

「それが、わたしウソが苦手で、ウソをつけない性分なんです……ゴメンなさい。わたしがいやだったら、相手になさらなくとも……」

「それはないですよ。崇史さまがそうおっしゃるなら、俺も協力しますよ……これを」

美沙子の手をパジャマの股間に導くと、それがいきりたっているのがわかったのだろう、美沙子はハッとして手を離した。

もう一度導くと、美沙子は勃起をおずおずと握って、

「よかった……清二さんに嫌われていなくて。わたし、軽蔑されてるんじゃないかと思って不安でした」

楚々とした顔で見あげてくる。

「それはないです。反対ですよ。俺、あなたのことを思い出してしまって、眠れなかった」

「清二さん……」

美沙子は恋人のように名前を呼んで、清二の顔を挟み込むようにして、唇を寄せてきた。

(俺のような者に、キスを……!)

得体のしれない感情が、清二のなかに湧きあがってくる。

濃厚なキスを終えて、美沙子は上気した顔で言った。

「布団に連れていってください。清二さんに抱かれたい」

「俺みたいなもので、本当にいいんですか？」

「はい。清二さんだからいいんです。崇史さんの言いつけだから、するんじゃありません」

美沙子の真剣な目に、ウソはないと感じた。

清二は美沙子の手を引いて、隣室の布団まで連れていく。そこで、自分はパジャマを脱ぐ。すると、美沙子も臙脂色のガウンを肩から落とした。

（えっ……！）

その姿に驚いた。

赤い刺しゅうのシースルーのスリップのようなものをつけていた。全身がレースで、乳房と乳首が透けだしており、赤いパンティさえもはっきりとわかる。

「びっくりなさったでしょ？　崇史さんにこれを着なさいと……」

美沙子は恥ずかしそうに胸を手で隠して、太腿をよじりあわせた。

「大丈夫ですよ。すごく色っぽい……」

本心だった。

「でも、ちょっと寒くて……」

「ああ、待ってください。今、暖房を強に入れますから」

清二はリモコンの設定温度をあげた。古いエアコンが唸り、しばらくすると、熱風が噴き出してきた。

「すぐ暖かくなります。それまで、布団で温まりましょう」

清二は全裸になって、美沙子とともに布団に入り、掛け布団をかけた。

添い寝する形で横臥する美沙子を抱き寄せて、肌で温める。

本家から離れまで来る間に冷えたのだろう、美沙子の肌はひんやりしていた。

抱きしめながら、背中をさすった。

肩紐が二本肩にかかり、背中の途中から赤いレースが覆っている。背中をさすっているうちに、肌が温かくなってくるのがわかる。

腰から尻へと撫でおろした。じかに太腿に触れて、

「あっ……！」

美沙子がびくっとする。

やはり、敏感だ。すべすべの太腿を撫でさすり、尻を包んだレースのパンティもなぞると、

「ぁあああん……」

美沙子は甘い鼻声を洩らして、片足を清二の下半身に乗せ、下腹部を擦りつけてくる。

前を指でなぞると、パンティではなく、肉びらとその内側のぬめりをじかに感じた。

(どうして……?)

ハッとして、掛け布団を剝ぎ、下半身のほうにまわって、足を開かせた。

その理由がわかった。

美沙子は肝心な部分が開いた赤いレースのパンティを穿いていた。

確か、オープンクロッチパンティとか呼ばれるもので、クロッチ部分が開いていて、女性自身がのぞいているものだ。エロ雑誌の商品紹介ページで見たことがあったが、実際に目にするのは初めてだった。

左右のピンクの肉びらがわずかにひろがって、赤い内部をのぞかせている。その上の長方形にきれいに剃られた陰毛までもがはっきりと見える。

「そんなに見ないで……お願い……いやっ」

美沙子が内股になって、腰をよじった。顔を両手で覆っているから、よほど恥ずかしいのだろう。

「大丈夫ですよ。旦那様に無理やりつけさせられたんでしょ? わかっています。大丈夫ですよ」

清二はそう言って、美沙子を抱きしめる。

崇史に命じられて、いいようにされている美沙子が不憫だった。同時に、この人を守ってあげたいという気持ちが押しあがってくる。

顔をそむけている美沙子の首すじにちゅっとキスをした。

そのままキスをおろしていき、赤いレースのスリップ越しに、乳首にも接吻する。

ついばむようにキスをすると、

「あんっ……あんっ……ぁあああ、ダメ。そこ、弱いんです……あっ！」

美沙子がびくんと震える。

その艶かしい姿を見て、清二はオスになった。

肩にかかっている肩紐を外して、腕から抜き取った。

引きおろすと、片方の乳房が転げ出てきた。

たわわだが、形のいい乳房だ。しかも、乳輪も乳首もどピンクだ。

こんなにきれいな胸は見たことがない。

片方の乳首にしゃぶりついて、舌を走らせる。上下左右に舐めて、かるく吸うと、

「ぁあんん……！」

美沙子が感じている様子で、いい声で喘いだ。

たまらなくなってきた。清二は専属運転手になってからの二年間、住み込みということもあって、女性を抱いていない。しかも、ひさしぶりに抱くのが、こんないい女だなんて、夢のようだ。

清二はもう一方の肩紐も外して、スリップを腰までおろした。こぼれでてきた両方の乳房を揉みしだき、乳首を舐め転がし、吸う。

それを繰り返していると、美沙子は「ぁあああ、ああ」といい声で喘ぎ、

「お願い……ここにも」

と、清二の手を股間に押しつけた。

その求める仕種が、清二をいっそうかきたてる。

乳首を舐め転がし、揉みしだきながら、伸ばした右手でオマ×コを触った。

指でなぞるうちに、どんどん濡れてきて、それとともに、下腹部がぐぐっ、ぐぐっと物欲しそうに持ちあげられる。

中指を曲げると、ぬるっと沼地に潜り込んでいき、

「くっ……！」

美沙子は低く呻いて、顔をのけぞらせる。

すごい締めつけだった。膣はとろとろになっているのに、肉襞が窄まりながら中指にからみついてくる。ぎゅ、ぎゅっと食いしめながら、奥へ奥へと吸い込もうとする。

(すごいオマ×コだ。こんなに吸引力の強いオマ×コは初めてだ)

清二は中指をゆっくりと抽送させながら、粘膜の天井を擦りあげていく。すると、美沙子の様子が一気に変わって、

「ぁあああ、あぅぅ……清二さん、気持ちいい。気持ちいいの……」

欲情した目で清二を見つめる。

清二は下半身のほうにまわり、這うようにして、クリトリスを舐めた。明らかに突出している肉芽を舌で弾き、吸いながら、中指を抜き差しする。

ぐちゅぐちゅといやらしい音がして、

「ぁあああ、ああああ……清二さん、もう欲しくなった。清二さんのおチ×チンが欲しい。おしゃぶりしたい」

美沙子が上気した顔で訴えてくる。

清二が仰向けに寝ると、美沙子が足の間に腰を割り込ませた。そそりたつ肉棹をつかんで顔を寄せてきた。

黒髪をかきあげ、ちらりと清二を見て、亀頭冠の真裏をちろちろと舌でくすぐって

くる。這うようにしているので、垂れ下がった乳房や、しなった背中、持ちあがったハート形の尻がよく見える。

亀頭冠の裏をたっぷりと刺激してから、美沙子は裏筋を舐めおろし、舐めあげてくる。そのまま上から頬張って、ゆっくりと唇をすべらせる。

根元を握って、しごきながら、余っている部分に小刻みに唇を往復させた。

これは効いた。

清二はフェラチオでは射精しないはずだが、ジーンとした痺れに似た快感がうねりあがってきた。

美沙子は手を放して、奥まで頬張り、引きあげながら、バキュームするので、ジュルルといやらしい唾音がして、それが清二をかきたてる。

充分に亀頭冠を刺激してから、美沙子は口を離し、清二の両膝をすくいあげるようにして持ちあげた。

「ゴメンなさい。ご自分で膝を持っていただけますか？」

まさかのことを言う。

「自分で、膝を？」

「ええ、ゴメンなさい」

「こうかな？」

清二は言われたように、自分の膝を開いたまま持つ。これはめちゃくちゃ恥ずかしい。きっと、睾丸はおろかケツの穴まで見えてしまっているだろう。

（そうか……女性はセックスで、こんな恥ずかしいことをされているのか……）

想像している間に、美沙子が顔を寄せてきた。

裏筋を這いおりていった舌が、その下の睾丸に届いた。

エッと驚いている間にも、皺袋を丹念に舐めてくる。睾丸を包んだしわしわの皮をツーッ、ツーッとなぞられて、寒けに似た戦慄が走り抜ける。

「ああ、ちょっと……そこは！」

「好きでしているから、いいんです。大丈夫ですよ。痛くはしませんから」

美沙子は足の間から顔をのぞかせて、微笑んだ。

それからまた、睾丸を舐めてくる。睾丸にも裏筋は走っている。

裏筋に沿って、舌がおりていった次の瞬間、睾丸の下をぬるっと舐められて、ぞくっとした。

睾丸とケツの穴の間の、確か会陰と呼ばれるところだ。

そこがとても敏感な場所であるという知識はあった。しかし、実際に舐められたのは初めてだ。

ぬるっ、ぬるっと会陰を舌が走り、ちゅっ、ちゅっとキスされる。また、舐めあげられると、ぞわっとした戦慄が走り、イチモツが一段と力を漲らせるのがわかった。

美沙子は丹念に会陰を刺激しつつ、右手で握った勃起をゆっくりとしごいてくる。その指が時々、亀頭冠をなぞってくる。

（初めてだ、こんなことをされたのは……）

美沙子は会陰と睾丸を交互に舐めていたが、やがて、睾丸にしゃぶりついてきた。あっと思ったときは、片方のキンタマが美沙子の口のなかにおさまっていた。

「ああ、よせ」

思わず叫んでいた。

だが、美沙子はかまわずキンタマを頬張りながら、なかで舌をからめてくる。同時に、肉棹を握りしごく。

そうしながら、もう片方の手指で、会陰をさすっている。

美沙子は吉彦の夫人候補で、楚々としたいい女だ。その彼女が自分ごときのチ×コばかりか、キンタマや会陰まで愛撫してくれている。

（いくら崇史さまに言われたとしても、ここまでしなくてもいいのに……）

申し訳ないような気がする。だが、ここまで尽くしてくれる美沙子に対して、強い愛情のようなものを感じてしまう。

美沙子が睾丸を吐きだして、ツーッと裏筋に舌を走らせ、いきりたつものを上から頬張ってきた。

一気に奥まで咥え込み、バキュームしながら、唇を引きあげる。両頬が凹んで、いかに強く吸ってくれているかがわかる。

それを数回繰り返してから、根元を握り込んだ。

ぎゅっ、ぎゅっと力強くしごかれて、快感がふくれあがってきた。

清二がなかなかイケないのは、おそらく、オナニーの際に握りしごくときの握力が強すぎて、その強さに慣れてしまったからではないかと思っていた。

それがわかっているのか、美沙子は唾液まみれの勃起を強く握って、一生懸命にしごいてくる。握り込んだ人差し指でカリを擦られるうちに、ジーンとした射精前の快感がひろがってきた。

射精したかった。だが、清二は一定以上は高まらない。それがわかったのか、美沙子が頬張ってきた。

亀頭冠を唇で引っかけるようにして、小刻みに顔を打ち振る。同時に、強烈に根元を握りしごいてくる。

黒髪が乱れ散り、美沙子の首を振るピッチがあがる。

「ああ、気持ちいいよ……気持ちいい……くっ！」

思わず呻くと、美沙子はいまだとばかりに、顔を打ち振る。

「んっ、んっ、んっ……」

髪をバサバサさせながら、唇でカリを摩擦しつづける。

「ぁああ、ああぁぁ……」

うねりあがる快感に、清二は喘いでいた。

(もう少しだ……もう少しで……)

美沙子は左手も動員して、睾丸をやわやわとあやす。そうしながら、根元を強烈に握りしごき、亀頭冠を唇で摩擦してくる。

出そうだった。しかし、もう少しのところで、射精できない。

美沙子が可哀相になってきた。これだけの労力を使わせながらも、射精できない自分がいやになる。

「ありがとう……いいよ。どうしてもイケないんだ」

言うと、美沙子はちゅるっと吐きだした。

口角に唾液を付着させて、はあはあと荒い呼吸をしている。

4

息をととのえた美沙子が上気した顔で、下半身にまたがってきた。

勃起しきったものをオープンクロッチパンティの割れ目に導いて、ぬるぬるした溝を擦りつけてくる。心配になって、もう一度確認をした。

「いいんですか、俺みたいな者に……」

「自分を卑下しないでください。あなたはとても素敵な人ですよ。自分に自信を持ってください」

美沙子は上から清二をまっすぐに見た。それから、下を向いて、切っ先の位置を調節して、ゆっくりと沈み込んでくる。

「ぁあああ……！」

とても窮屈な入口に先端がめり込んでいき、熱い粘膜に包まれて、
美沙子が絞り出されたような喘ぎを放ち、上体をまっすぐに立てる。

「おおっ、くっ……！」

と、清二も奥歯を食いしばっていた。

なかは異常なほどに温かかった。それに、柔らかなとろとろの肉襞が波打つように、勃起にからみついてくる。

挿入しただけで、これほどまとわりついてくるオマ×コは初めてだ。

甘い快感をこらえていると、美沙子が腰をつかいはじめた。

両膝をぺたんとシーツについたまま、腰を前後に揺する。その腰づかいがスムーズで、勃起が肉路に揉みしだかれ、前後に揺さぶられる。

切っ先が奥のほうをぐりぐりと捏ねているのがわかる。とても狭い入口で根元がぎゅっ、ぎゅっと締めつけられる。

「気持ちいいですか？」

美沙子が不安そうに訊いてきた。

「ええ、気持ちいいです」

「どうしたら、もっと気持ち良くなれますか？」

「……見たい。俺のあれがあなたのあれに入っているところを見たい」

言うと、美沙子は上体を後ろに反らせて、両手を後ろに突いた。

そのまま、大きく足を開いたので、左右の太腿がひろがって、赤いレースのオープンパンティの内側に、自分の勃起が埋まっている様子がまともに見えた。

「見えますか？」

「ああ、見えるよ。よく見える」

「見ていてくださいね」

そう言って、美沙子が腰を前後に振りはじめた。すると、肉柱が膣のなかにおさまり、出てくるところがまともに目に飛び込んでくる。

乳房は丸見えだが、もろ肌脱ぎになった赤いスリップが腰から太腿にまとわりついている。そして、赤いレースのパンティの開口部からは、左右の肉びらが突き出していて、その間に自分の分身が出入りしている。

美沙子は垂れ下がるスリップをまくりあげて、挿入部分が見えるようにしながら、腰を縦に振りはじめた。

肉柱が左右の肉びらを押し退けるようにして、根元まで潜り込み、

「あっ……あんっ……あんっ……」

美沙子はセクシーな声をあげる。

（おぅ、すごい……あの美沙子さんがこんなにいやらしく、俺の上で腰を振りたくっている！）

欲望丸出しの腰づかいが、清二を昂らせる。

美沙子は縦と前後を交えて、腰を振りながら、

「あんっ……あんっ……ぁあああ、恥ずかしい。でも、いいんです。清二さんのオチ×ポ、気持ちいいんです」

さしせまった様子で言う。

(美沙子さんがオチ×ポなんて……!)

その単語を聞いた途端に、逆に清二の分身はますますギンとしてくる。そうなると、いっそう粘膜を擦る快感もひろがってくる。

いつもと違う。もしかして、射精できるんじゃないか……。

「こっちに」

言うと、美沙子が上体を起こした。

それから、少し前屈みになって、両手をシーツに突き、腰を振りあげ、振りおろしてくる。

パン、パン、パンと破裂音とともに、尻を打ち据えて、

「あんっ、あんっ、あんっ……」

甲高く喘ぐ。

清二は湧きあがった欲望そのままに、腰を撥ねあげてやる。尻が落ちてくる頃合いを見計らって、ぐいと腰をせりあげる。切っ先が奥を打って、

「あんっ……！」

美沙子はのけぞって、がくん、がくんと躍りあがった。

つづけざまに突きあげた。ズンズン打ちあげると、

「あんっ、あんっ、あんっ……あっ、イクぅ……」

美沙子はがくがくしながら、前に突っ伏してきた。

（イッた！　イカせたんだ！）

いまだ痙攣のおさまらない美沙子を抱きしめて、清二は唇を奪った。

すると、美沙子も唇を重ねてくる。舌を入れると、美沙子も舌をからませてくる。

舌をからませ、唇を吸いあっているうちに、二人が恋人同士のような気がして、美沙子をますます愛おしく感じてしまう。

美沙子のなかに射精したいという気持ちが高まった。

美沙子は唇を合わせながら、腰をつかう。

ぎゅっ、ぎゅっと締めつけ、縦に振ったり、前後に揺すったりする。

清二はがっちりと背中と尻を両手で抱えて、下から突きあげた。勃起が斜め上方に

向かって、ずりゅっ、ずりゅっと膣を擦りあげていき、

「んんっ、んんんっ……」

美沙子はくぐもった声を洩らす。

さらに、擦りあげると、

「ぁああ……あんっ、あんっ……いいの。清二さん、また、イク……清二さんも出して。清二さんの精子が欲しい」

美沙子が焦点の定まらない目を向けてくる。

清二もつづけざまに撥ねあげた。

だが、この姿勢ではイケそうにもない。

それを感じ取ったのか、美沙子はいったん結合を外し、キスをしながら、右手を伸ばして、勃起を握った。

ねっとりとしたディープキスで脳味噌が蕩けていく。ラブジュースでぬるぬるになった肉柱をぎゅっ、ぎゅっ、ぎゅっとたてつづけに擦られて、射精前に感じる歓喜がせりあがってきた。

だが、手コキでイクよりも、嵌めて出したい。

清二は美沙子を仰向けに寝かせて、膝をすくいあげた。

猛りたつものを、レースパンティの開口部に押しあてて、ぐちゃぐちゃに濡れた膣口に埋め込んでいく。奥まで届かせると、

「ぁあああうぅぅ……！」

美沙子が顔をのけぞらせ、両手でシーツを鷲づかみにした。

「おおぅ、美沙子さん、イキそうだ。出そうだ」

「ぁああ、ちょうだい。清二さんの精子が欲しい。出して、なかに出して……いいのよ。好きなときに出して……」

美沙子が下から今にも泣きださんばかりの顔で見つめてくる。そのぼぅとした目がたまらなかった。

清二は膝裏をつかんで開かせ、押しつける。

そうやって、足をM字開脚させておいて、ぐいぐいと打ち込んでいく。

尻があがって、膣と勃起の角度が合い、深いところに届いているのがわかる。奥のほうの扁桃腺《へんとうせん》みたいなふくらみが敏感な部分を擦ってきて、ぐんと快感が高まる。

「おおぅ、美沙子さん。おおぅ……！」

「あんっ、あん、あんっ……ぁあああ、イキそう。清二さん、わたし、イク……ちょうだい。ぁあああ、おかしいの……感じすぎて、おかしい……あうぅぅ」

美沙子がたわわな乳房をぶるん、ぶるんと縦揺れさせながら、両手でシーツをつかんだ。

眉を曲げて、つらそうにしながらも、顎をいっぱいにせりあげて、

「あんっ……ぁあああ、あんっ……イキそう。イキます」

ぎりぎりの状態で訴えてくる。

「ああ、美沙子さん！　おおぅ」

吼えながら、奥まで叩き込み、子宮口をぐりぐりと捏ねる。また大きく振りかぶって一撃を叩き込む。それを繰り返していると、いよいよ逼迫してきた。

オナニーでの射精前に感じるあの高揚がせりあがってくる。

（もう少しだ。もう少しでイケる！）

もっとも感じる角度でぐい、ぐい、ぐいと押し込んだとき、

「うあああ……！」

清二は吼えながら、放っていた。

その直後に、

「ぁあああ、イクぅ……！」

美沙子も大きくのけぞりながら、がくん、がくんと躍りあがった。

清二は放ちつづけた。いったん止んだ放出がまたつづき、間欠泉のように精液が噴き出し、そのたびに、清二の尻が勝手に震える。

しかも、美沙子の膣は精液を搾り取ろうとでもするように、内側から外に向けて、波打つように収縮する。

精液ばかりか魂までもが、吸い取られていくようだ。

放ち終えたときは、自分がからっぽになったようで、がっくりと美沙子に覆いかぶさっていく。

しばらくして、清二は結合を外し、ごろんと横になる。

すると、美沙子もにじり寄ってきたので、とっさに腕枕していた。

「ありがとう。きっちりと射精できた」

清二が言うと、

「……また……来てもいいですか？　崇史さんに命じられなくとも……」

美沙子がまさかのことを言う。

「だけど、崇史さまに見つかったら……」

「大丈夫。見つからないようにするから……だから、来てもいいですか？」

「……もちろん」

「よかった」

美沙子は上体を起こし、胸板にちゅっ、ちゅっとキスをして、頬ずりしてくる。

清二は乱れた髪を撫でながら、自分はこの女のためなら、何でもできるだろうと思った。

第六章　逆転情事

1

いよいよ、適性検査の結果が発表されるときが来た。

竜崎家の広々としたリビングには、吉彦と美沙子をはじめとして、妻の祐子と、父の勝利、さらに家政婦の心春まで集まっている。

崇史は家長として、家族の前に立つ。結論はすでに出ている。

家族の前で言った。

「高階美沙子を我が家に迎え入れるかどうかだが……」

そこまで言って、間を取ると、緊張感をはらんだ静寂があたりを支配した。

吉彦などは、美沙子の手をぎゅっと握っている。

「竜崎家は、髙階美沙子を息子・吉彦の嫁として、迎え入れることにした。つまり、適性検査は合格ということだ。みんな、美沙子さんを受け入れてやってくれ。これは決定事項だ……父さんもそれでいいな？」

父のほうを見ると、

「いいだろう」

勝利がうなずいた。

「いつ結婚式を挙げるかは、二人で決めろ。ただし、会場はいつもうちが使っているF会館だ。あそこは格式があるし、参加者が二百名まで入れる。どうせやるなら、盛大にやってくれ。吉彦も、美沙子さんもいいな？」

「はい……ありがとうございました。お父さん」

吉彦が素直に頭をさげる。

(相変わらず、お前は甘いな。俺がどうして美沙子を我が家の嫁として認めたか、わかっちゃいない)

崇史は美沙子と目を合わせる。美沙子がはにかんだように見えた。

(初々しいじゃないか……それでいい。美沙子は実質、吉彦の嫁というより、俺の女

奴隷になるんだからな）

崇史が美沙子を我が家の嫁として認めたのも、美沙子が性奴隷としての数々の関門をクリアしたからだ。

最初、答えはノーと決めていた。無理難題を押しつけて、諦めさせようとした。だが、初めて美沙子を抱いたときに、この女を手放すのは惜しいと感じた。それ以降も、美沙子は従順で、専属運転手の清二との試練も乗り越えた。

その後も、隙を見て、何度か抱いた。そして、情交を重ねるうちに、美沙子はマゾの素質を開花させて、自分にとってこれ以上の女はいないと考えるにいたった。美沙子は口も固く、崇史との情事を一切、吉彦に伝えていないことも、この決断につながった。

結婚して家に入れば、美沙子を調教する機会はさらに増えるだろう。そして、美沙子はどんどん自分好みの女に成長するだろう。

それが愉しみでならない。

「……話はこれだけだ。解散しろ」

言うと、家族がばらばらに部屋を出て行く。吉彦はうれしそうに美沙子の肩を抱き寄せている。

勝利が杖を突きながら崇史に近づいてきて、耳元で囁いた。

「今すぐ部屋に来なさい。話したいことがある」

「何だよ？」

「いいから、来い」

そう言う父の顔が険しい。

内心で頭をひねりながら、崇史は勝利の後について、一階の父の寝室に入っていく。

ドアを閉めると、勝利がこちらを向いた。

電動式リクライニングベッドの前に、ガウン姿で杖を突いて立って、

「お前は、金輪際、美沙子さんには手を出すな」

厳しい口調で言って、睨みつけてくる。

あまりにも唐突すぎて、笑ってしまった。

「何、言ってるんだよ。俺が美沙子に何をした？」

「全部、わかっている。美沙子さんの口から聞いた。それに、お前の部屋にある映像をチェックさせてもらった。お前は部屋に勝手に監視カメラをつけていたようだな。だが、それもすべて回収した。監視カメラもすべて取り外した。すべて私の手にある」

「……監視カメラは家長として家族をまとめるために、情報収集が必要だったから設置したまでだ……。あんただって、美沙子とあれしてるだろう？　竜崎家に入った嫁は夫だけではなく、すべての男に肉体奉仕をするのがしきたりだろ。どうして、俺だけが……そうか、嫉妬しているんだな。あんたも美沙子が気に入った様子だったからな。老人の嫉妬は醜いぞ」

勝利が押し黙った。少し間を置いて、言った。

「お前、会社の金を横領しているな。相当使い込んでいる」

ドキッとした。事実だった。

社長になってから、数千万の会社の金を使い込んでいた。そのほとんどが、女のためだった。

落としたい女のために、貴金属やブランドバッグをプレゼントした。そうやって、金にものを言わせて、女を落としてきた。現金で女を抱いたこともある。

しかし、それらは経理部長を仲間に巻き込んでのことだから、裏帳簿を作って上手く処理しているはずだ。

バレるわけがないのだ。

「何をバカなことを言ってるんだ？　横領などしてるわけがない。だいたい、証拠があるのか？　帳簿を見てみろ。税務署も問題ないと認めているんだ」

「お前は経理部長の鶴田《つるた》と共謀し、裏帳簿を作らせて、横領をごまかしてきた。鶴田の証言を録音したものも、裏帳簿もある。これを見ろ」

勝利がコピーを綴じたものを、差し出してきた。受け取って、確かめた。確かに、これは公になっているものとは違う帳簿だ。「Tに百五十万」などとも記してある。Tとは、崇史のことだ。

「どうやって、これを？」

鶴田にもおこぼれを与えておいたから、自供するわけがない。

「さあ、どうやってだろうな？　横領、使い込みを公にされなくなかったら、美沙子さんには一切手を出すな。お前の横領のことは、美沙子さんにも伝えてある。お前が手を出したら、そのときはお前の使い込みが公になる。社長の座は当然、追われるだろうな。この恥さらしが！　今後、会社の重大な決定をするときは、必ず俺に相談しろ。いいな」

勝利が睨みつけてきた。

「ちなみに、お前の横領のことは、祐子さんにも伝えてある。祐子さんは約束してくれたよ。今後、崇史には一切、美沙子さんには手を出させないとな。祐子さんとしても、お前を独り占めできてうれしいんだろうな。もっとも、お前には、心春さんもいる。女房と家政婦がいるんだ。それで充分だろう。わかったな。わかったら、行け」

勝利が言い放って、くるりと背中を向けた。

（今に見てろよ。この耄碌爺が！　あんたを会長の座から追い落としてやる。首を洗って待ってろ）

崇史はキリキリと奥歯を食いしばって、部屋を出た。

2

その夜、美沙子はドレッサーの前にパジャマ姿で座って、洗って乾燥させた髪を梳かしていた。

勝利からは、すべて上手くいった。これで、崇史はあなたに手を出せないだろう、という連絡を受けていた。

（よかった。清二さんのお蔭だわ）

美沙子はS不動産の経理部に勤めている頃に、社長の竜崎崇史が会社の金を使い込んでいるのではないか、という疑惑を抱いていた。だが、確証はなく、間もなく美沙子は営業部へと転属になったので、疑惑は疑惑のままだった。

この家で初めて、崇史に凌辱されたとき、美沙子は心身ともに打ちのめされた。凌辱を受けながら、自分が絶頂に昇りつめてしまったことが、美沙子を揺さぶった。

（わたしは辱めを受けながらも、性感を昂らせてしまう女なのだろうか）

現に、家事をしていても、ふとそのときのことが心身によみがえり、子宮が熱くなることもあった。

（このまま、義父に凌辱を受けつづけても、それを吉彦さんに悟られないようにすればいい。それで、吉彦さんと結婚できるのなら、それでもいい……たとえわたしが義父の奴隷になっても……）

そう感じたこともあった。

しかし、崇史に命じられて、運転手の高杉清二を相手にしたとき、ある考えが脳裏をよぎった。

（清二さんを味方につければ、義父の力に対抗できるのではないか……）

そして、デパートの帰りに、それとなく崇史に話題を持っていったとき、崇史は家族の前では明かさないことも、車中ではかなりオープンに話していることがわかった。

それは、清二が自分をご主人様と仰ぐ者で、決して不利なことは他言しないだろうという確信があったからだ。ある意味、清二をナメていたのだ。だからこそ、秘密にしなくてはいけないことも、車中では軽率に明らかにしてしまっている。

あの夜、崇史に命じられていないにもかかわらず、美沙子は離れに忍んでいった。高杉清二という男が嫌いではなかった。実直で任務はきちんとこなすし、性格もとてもいい。もちろん、清二が崇史に忠誠を誓っていることはわかっていた。

だから、清二にとって、自分が崇史より大切な存在にならなければいけなかった。清二は女性のなかでは射精しにくいのだと打ち明けてくれた。

美沙子は持っているものをすべて出し切って、幸いにも清二を射精に導くことができた。

それからだ。清二が気を許してくれたのは。何度か通ううちに、清二は美沙子を崇史より信頼してくれるようになった。

自分は崇史の横暴から逃れたい。彼の弱点を握りたい。もし何か不正をしているのなら、教えてほしい——と頭をさげたところ、清二は自分が話したことを秘密にするという条件で横領に通じる話をはじめた。

崇史は車内で、鶴田と呼ぶ相手に、何度も、会社の金をいかに自分にまわせるかという話をしていたのだと言う。スマホを二台持っており、その女性専用のスマホで、何度も女性を口説き、プレゼントは何がいい？　という話もしていたと言う。

それを聞いて、社長の横領を昔から疑っていた美沙子には、ピンと来るものがあった。

やはり、崇史は横領をしている。巻き込んでいるのは、経理の鶴田部長だ。経理の責任者である鶴田部長と共謀すれば、隠すことは可能だ。

美沙子はそれから、義祖父の勝利に相談をした。

勝利は勇退して会長をしているが、息子のワンマン社長ぶりや、女性関係のだらしなさに義憤を覚えていることはわかっていた。

横領の情報を伝え、自分が崇史に何を強要されているかを告げると、勝利はしばらく考えてから、言った。

「しばらく待て。俺が鶴田に詰問してみる。鶴田は狡賢いが、気が弱い。脅しをかけたら、事実を話すだろう。それまで、待っていなさい」

義祖父は即、行動に移って、翌日には鶴田に、『すべて話してくれたら、お前の責任を追及することはしない。だから、教えなさい。今のうちだぞ』と取引させると、鶴田は少し迷っていたが、案外、簡単に口を割ったのだと言う。その際に、公開しないからという条件で裏帳簿まで没収した。

その日のうちに、美沙子は勝利に呼ばれ、こうするからと提案された。さらに、

「ただし……美沙子さんは俺に呼ばれたときは、必ず部屋に来るんだぞ。それを呑めるか？」

そう訊かれて、美沙子はうなずいた。

吉彦と結婚ができ、しかも、崇史の凌辱から逃れられるのだから、挿入行為のできない勝利を相手にするくらい、何でもない。

崇史はああいう男だから、弱点を握られつつも、決して簡単には引き下がらないだろう。だから、彼の父親であり、会社の会長でもある勝利の庇護は不可欠だった。それに、美沙子は勝利を嫌いではない。

この常識はずれのしきたりがまかりとおる竜崎家では、自分の庇護者は必要だった。

(でも、よかったわ……これで、晴れて吉彦さんと結婚できる)

ほっとした気持ちで髪を梳いていると、部屋をノックする音がして、吉彦が入ってきた。

笑顔で近づいてきて、低いスツールに腰かけている美沙子を後ろから抱きしめた。

「よく耐えてくれた。美沙子なら乗り切ってくれると思っていた」

「吉彦さんのお蔭よ。あなたがいてくれたから、どんなことにも耐えることができた

の」

美沙子は腕を握って言う。

実際そうだった。もし、吉彦に『今日は何かされなかったか』などと、逐一問い詰められたら、美沙子は崇史とのことを話してしまったかもしれない。そうしたら、この縁談は終わっていた。

だが、吉彦は疑心暗鬼になっているはずなのに、美沙子を信頼して、詳しいことを訊かなかった。そして、『自分の意志を貫けばいい』と言ってくれた。これは、できそうでなかなかできない。

吉彦の最大の長所は、人を信頼しきれることだ。

美沙子は立ちあがり、吉彦に抱きつきながら、目を閉じた。

すると、吉彦はキスをして、抱擁してくれる。

(ひろくて、温かい胸だわ……この人のためなら、何でもできる)

吉彦のキスが激しさを増し、美沙子も応えて、舌をからませる。

キスを終えると、吉彦は美沙子を横抱きして、ベッドまで連れていってくれる。美沙子はそのお姫様抱っこを満喫した。これは、苦境を乗り切った自分へのプレゼントだ。

吉彦はベッドの端に美沙子を座らせ、パジャマのボタンをひとつ、またひとつと外していく。上着を脱がせて、さらに、ズボンもおろして、足先から抜き取った。

パンティだけつけている美沙子があらわになった乳房を隠すと、吉彦もパジャマとブリーフを脱いで、全裸になった。

細マッチョというやつで、長身で痩せているものの、二の腕や胸などのつくべきところは、筋肉が盛りあがっている。

そして、茂みを突いて、逞しい肉棹が鋭角にそそりたっていた。

(ああ、すごい角度……!)

それだけ、自分を愛してくれているのだ。美沙子の身体を本能が欲しがっている。そのことが、美沙子を陶然とさせる。

そうするつもりはなかったのに、ごく自然に逞しいものをつかんでいた。

「ふふっ、いいよ。こいつもそうしてもらいたがっている……このほうが、やりやすいだろう」

吉彦は美沙子を立たせ、自分はベッドの端に腰をおろし、足を開いた。

美沙子は前にしゃがみ、カチカチの肉棹を握って、見あげる。

目が合うと、吉彦は慈しむような目を向けてきた。

それだけで、美沙子は胸が熱くなる。

大切なものをつかみ、そら豆のような形をした亀頭部にちゅっ、ちゅっとキスをする。

びくっ、びくっと震えるおチ×チンが愛おしくてならない。鈴口に舌を走らせると、

「ああ、気持ちいいよ、美沙子」

吉彦が顔をのけぞらせた。

吉彦が感じてくれれば、自分もうれしい。もっと、気持ち良くなってもらいたくなる。

亀頭冠の真裏の男性が感じるポイントを舌で刺激した。舐めあげて、横に撥ねると、

「ああ、そこだ」

吉彦がそう言ってくれたので、美沙子は裏筋の付け根を丁寧に舌で愛撫した。それから、裏筋を舐めおろしていき、下からなぞりあげる。

顔を横向けて、ハーモニカを演奏するように、側面を吹いたり、吸ったりする。そうしながら、スーッ、スーッと顔を横に振って、唇をすべらせる。

ごく自然に睾丸を手でなぞっていた。

はっきりとわかる二つの睾丸をやわやわとあやし、お手玉でもするようにかるく持

ちあげる。

睾丸を舐めたくなったが、それはやめた。急に、フェラチオが上手くなった、と思われても困る。

裏筋を舐めあげていき、上から唇をかぶせていく。

深く頬張るのは、喉を突かれそうで怖い。しかし、それが愛する男のものならば、どんなことでもできる。無理をしてでも、奥まで招き入れたくなる。

硬い陰毛に唇が触れた。

だが、かまわない。もっと深く頬張りたい。

ぐっとさらに奥まで呑み込むと、噎せそうになる。それをこらえて、ゆっくりと唇をすべらせる。

初めてフェラチオをするときは、どうしてこんなに疲れることをしなければいけないのだろう、と思った。だが、不思議なことに、それが愛する男のものであれば、できることはすべてやって、おチ×チンをかわいがりたくなる。

女性の唇や口腔にも性感帯があり、それはキスやフェラチオで目覚めていくものなのかもしれない。

フェラチオは男性ばかりか女性も癖になる。口唇感覚以上に、自分が愛する者の男性器を通常ではない形で口で愛し、また、それで男性が悦んでくれるのを感じると、もっとしたくなる。尽くしたくなる。

吉彦相手であれば、まったくと言っていいほど、疲れを感じない。いつまでも咥えていられる。吉彦が望むなら、たとえアヌスだって舐められる。

そして、ご奉仕するほどに欲しくなる。今、口腔で包み込んでいる逞しいものを、下の口に入れてほしくなる。

現に、こうしているだけで、美沙子の膣は濡れている。分泌液がじゅくじゅくとあふれでているのがわかる。

この姿勢だと、首に負担がかからず、いくらでもしゃぶっていられそうだ。

大きく顔を打ち振って、愛おしいものを唇と舌でかわいがる。

息を吸いつつ、本体を啜りあげながら、吐きだす。

すると、予想以上に、ジュルルッという音が大きく響き、美沙子は恥ずかしくなる。

見あげると、吉彦はうれしそうに言った。

「昂奮するよ。美沙子がこんないやらしい音を立てて、吸ってくれるなんて」

ならばと、美沙子はつづけて啜りあげて、唾音を立てた。

すると、おチ×チンがびくびくと躍りあがった。

さすがにこれ以上は恥ずかしくて、静かなストロークに変えた。右手を使って根元を握りしごきながら、調子を合わせて、先のほうを小刻みに頬張ると、

「おおぅ、気持ちいいよ。もう入れたくなった」

吉彦が言う。

美沙子も同じ気持ちだった。

パンティを脱いでベッドにあがって、仰臥した。すると、吉彦は膝をすくいあげて、硬いものを擦りつけてきた。亀頭部が濡れ溝をなぞると、それが快感となって、みずから腰をせりあげていた。

(ああ、早く……ちょうだい！)

心のなかで訴えると、逞しいものが一気に押し入ってきた。

「あん……！」

身体の中心を撃ち抜かれたような衝撃で、自然に身体が反っていた。

しばらくじっと動かさないでいられると、自分から腰を振りたくなった。しかし、それではあまりにもはしたない女だと思われてしまう。

我慢していると、吉彦が突いてきた。

両膝を折り曲げられて開かれ、ズンッと打ち込まれると、

「うはっ……！」

恥ずかしい喘ぎがあふれて、美沙子は口を手でふさぐ。吉彦には、淫らな女だと思われたくない。その一心で、こぼれそうになる喘ぎを手で押さえる。

それでも、ズンッ、ズンッ、ズンッとつづけざまに奥を突かれるうちに、こらえきれなくなって、

「あんっ……あんっ……あんっ」

はしたなく喘いでいた。

そして、自分のその喘ぎ声を聞くにつれて、性感も高まる。

おそらく、喘ぐことで、女はいっそう感じるようになりその恥ずかしい声を聞くことで、さらに性感が燃え上がるのだ。

男もそれは同じなのだろう。喘ぎ声を聞いて、吉彦がいきなり激しく打ち据えてきた。

「ああ、苦しい。先っぽがお臍まで届いてる……！」

奥に打ち込まれると、重く深い快感が押しあがってくる。

（わたしをメチャクチャにして！　根こそぎ、奪って！）

そんな気持ちを込めて吉彦を見あげると、吉彦は打ち込みながら、覆いかぶさって

きた。

乳房を荒々しく揉みしだき、乳首に吸いついてくる。

吉彦は挿入しながら、乳房を攻めると、美沙子がイキやすくなることを知っている。

「ぁああぁ、あああぁ……いいの。吉彦さん、いいの」

開いた足を、吉彦の腰に巻きつけた。

吉彦は乳房を揉みしだきながら、唇にキスをしてきた。唇を合わせ、乳房を揉み込みながら、腰を躍らせる。

(ぁああ、吉彦さん……!)

美沙子は吉彦をかき抱き、濃厚なキスを返す。

(あなたが好き!)

心のなかで叫ぶ。

愛する男とのセックスは、特別だった。

美沙子は吉彦に身をゆだね、心身ともに開いていく。その情愛に満ちた世界が、美沙子を陶酔の世界へと引きあげる。

二人がひとつになっている。

身も心も蕩けていく。

キスをやめて、吉彦が上体を起こし、美沙子の足を肩にかけて、ぐっと前に屈み込んできた。

吉彦は、美沙子がこの苦しいが、ペニスが奥をえぐる体位で、イキやすいのをわかっている。

上から激しく打ちおろされて、逞しいものが奥を突いてくる。それをつづけてされると、美沙子はもう何が何だかわからなくなる。

「あんっ……あんっ……ぁあああ、吉彦さん……好きよ。大好きよ。わたしを離さないでね」

「わかっている。美沙子とずっと一緒だ。俺の子を生んでくれ！」

「はい……あなたの子供が欲しい」

「おおぅ、出すぞ」

「あんっ、あんっ、あんっ……ぁあああ、イキます。イッていいですか？」

「いいぞ。イッていいぞ。俺も出す」

たてつづけに奥を突かれたとき、美沙子のなかでふくらみきった風船がパチンと爆ぜた。内側が外側へとめくりあげられるような熾烈な衝撃が身体を貫き、

「いやぁあああああぁぁぁ……！」

身体から声を絞りだしながら、美沙子は天空へと舞いあがる。

「美沙子、出すぞ……おおぉ！」

吉彦が吼えながら、放っている。

至福のなかで、美沙子は吉彦を抱きしめた。

3

美沙子の家族とも相談して、挙式は三カ月後の大安吉日に決まった。両親は竜崎家の跡取り息子と娘が結婚することに驚いたようだったが、すぐに祝福してくれた。

美沙子はもうしばらく竜崎家にいて、一月前からマンションに戻り、身のまわりの整理整頓をしつつ、挙式に備えることになった。

その日も、午前中は家事をこなした。家政婦の心春は、美沙子が正式な嫁となることを知ってから、扱いが丁寧になった。今では、敬語を使ってくれる。

祐子もやさしい。おそらく、夫が美沙子に手を出すことを禁じられ、自分のものになったという安心感があるからだろう。

昼休みになって、義祖父の勝利に部屋に呼ばれた。

（来た……！）

呼ばれたら、部屋に行く。つまり、抱かれることを条件に、勝利に動いてもらったのだから、いつか来るだろうと思っていた。

すでに、覚悟はできている。

部屋をノックして入っていくと、勝利はいつもの浴衣姿でリクライニングベッドに寝ていた。上半身を少しあげて、下半身には毛布をかけている。

美沙子はその前で直立し、

「このたびは、ありがとうございました。感謝しています」

お礼を言って、深々と頭をさげた。

「崇史は調子に乗りすぎていた。お灸を据えるには、ちょうどいい機会だった。それに、俺としても、崇史の首根っこをつかむことができた。あいつの思うようにはさせん。あんたはよくやってくれた」

勝利が目を細めた。矍鑠としていて、心なしか以前より生気にあふれているように感じる。

「あいつがこのまま黙って指を咥えておるとは思えん。何か仕掛けてくるだろう。だが、心配するな。俺が何とかする。会社のほうも、あんたのこともな」

「ありがとうございます」

「……悪いが、裸になって添い寝してくれんか？」

「はい……」

ためらいはなかった。美沙子はブラウスを脱ぎ、スカートをおろした。後ろ向きになって、ブラジャーを外し、パンティを脱ぐ。

乳房と股間を手で隠して、ベッドにあがる。すぐ隣に横たわると、勝利が腕枕してくれた。

美沙子は腕に頭を乗せ、勝利のほうを向いて、身体を合わせる。

裸であることが恥ずかしい。が、すでに一度、していることだから、それほどいやとは感じない。

勝利が髪を撫でながら言った。

「このことは、吉彦には話してないんだろ？」

「はい、一切話していません」

「それでいい。見つからないようにしないとな。この前のビデオは回収してある。処分したから安心しろ」

「ありがとうございます。お祖父さまには感謝しかありません」

「そうか……じゃあ、それを実際に行動で見せてくれるか？」

「はい……」

美沙子は横臥したまま、乳房と太腿を勝利の身体に擦りつけた。それから、胸板に頬ずりして、舌を走らせる。

小豆大の黒ずんだ乳首を円を描くようにして舐め、ちゅっ、ちゅっとキスをする。

「ふふっ、くすぐったいよ」

「では、これは？」

美沙子は腕をあげさせて、あらわになった腋の下にキスをして、縮れ毛の生えた腋の下を舐めた。

ざらざらっと舌でなぞり、吸いつく。

「たまらんな。気持ち良くはないが、ここまでしてくれる美沙子さんの気持ちがありがたい……授乳してくれんか？　そのまま、上から俺に乳首を吸わせてくれ」

「……こうですか？」

美沙子は両手を上に突いて、這うようにして乳房を勝利の口に押しつけた。

「そうだ。これでいい……お前のオッパイを吸わせてくれ」

そう言って、勝利は手でふくらみを揉み込み、先端を突き出させて、乳首にしゃぶりついてきた。

敏感な乳首を強く吸われて、

「ぁあうぅぅ……」

声が出た。

「おかしいな。いくら吸っても、オチチが出てこんぞ」

「申し訳ありません」

「まあ、いい。美沙子が吉彦の子を生んだときに、母乳をいただかせてもらう。いいか？」

「……少しなら」

「今から、予約をしておく……母乳は出なくていい。もっと乳首を……」

言われて、美沙子は乳首を差し出す。

崇史にも同じようなことをされた。やはり、親子で同じ血が通っているからだろう。

だが、女性の扱い方はまったく違う。

美沙子は授乳をするような気持ちで乳首を吸わせたが、舌づかいが、赤子ではなく老練な大人だった。

片方の乳首をなめらかに上下に舐められ、もう片方の乳首をつまんで転がされる。

乳輪まで頬張るようにして、上下左右に舌を使われると、甘い快美がふくらんできて、気づいたときは、

「ぁああ、ぁあああうぅぅ、気持ちいい……」

そう甘い声を洩らしていた。

「母親が赤子に乳首を吸われて、感じていては困るな」

「すみません、我慢します」

勝利は反対の乳首にしゃぶりつき、舌であやしながら、もう一方の乳首を指で挟んで、ねじる。

「すごいな。どんどん、硬くしこってきた。カチカチだぞ」

「……すみません」

勝利は嬉々として、乳首をしゃぶり、老獪にねぶり、指で刺激してくる。それをつづけられると、

「んんんっ……んんっ……ぁあああ、我慢できない。ぁあああ、あうぅぅ」

美沙子は喘ぎながら、後ろに突き出した腰をくねらせていた。

「本当に感じやすいな。乳首を吸われるだけで、欲しがって腰を振る。あそこはどうなっているんだ？」

勝利が右手を下腹部に伸ばしてきた。

陰毛を経由し、そこを触って、

「ふふっ、もうぬるぬるじゃないか……ダメじゃないか。母親が乳首を吸われて、オマ×コをこんなに濡らしては」

勝利は嬉々として言う。

「すみません」

「ここをしゃぶりたくなった。反対を向いてくれ。シックスナインでまたがってこい」

「はい……」

美沙子が立ちあがると、勝利はリクライニングベッドをリモコンで操作して、平らにした。

美沙子は尻を勝利に向ける形でまたがり、目の前の肉茎にそっと手を伸ばす。芋虫のようなものが陰毛に横たわっている。この前と同じで、それは勃起していない。

女の性なのだろうか、ぐったりしているイチモツを前にすると、元気よくさせたくなる。勃起した雄々しい姿を見たくなる。

肉の芋虫の根元をつかんで、振ると、それがぶんぶん揺れ、下腹や太腿にぴちぴち

当たる音がして、

「おい、こら……」

勝利はそう言うものの、振って当たるたびに、それが少しずつ硬くなってくるのがわかる。

棹の状態になったイチモツを頬張った。

摩擦を多めに、大きく顔を振って、唇をすべらせる。根元を二本指で握って、余っていた包皮を押しさげる。

すると、包皮が完全に剝けて、カリが顔をのぞかせる。全体が長くなって、五本指で握り直す。

搾り取るようにしごきあげながら、亀頭冠の出っ張りに唇と舌を引っかけるようにして、素早く顔を打ち振った。

「おおぅ、気持ちいいぞ。つづけてくれ」

背後から、勝利の声が聞こえる。頬張りつづけていると、温かくしてぬるっとしたものが花芯を這った。

「んんっ……！」

ひと舐めされただけで、強烈な快美が走った。

勝利は全体をべろべろと舐めながら、クリトリスを指でいじってくる。

（ああ、気持ちいい……）

勃起しないから挿入できないという安心感があるためか、勝利に愛撫されると、快美を抑えられない。

甘い快感がふくらんでいくのを感じながらも、美沙子は肉茎を頬張りつづける。

いったん指を放し、全体を口に含み、唇を大きくスライドさせる。

バキュームフェラでちゅぽっ、じゅるると音をさせると、わずかにそれが硬くなることがわかった。

美沙子は自分でもはしたないと感じつつも、いやらしい唾音を立てて、老いた肉茎をしゃぶり、右手を睾丸に伸ばした。

柔らかな袋ごと二つの球をもてあそぶ。そうしながら、「うん、うん、うん」と声を出して、素早く唇をすべらせる。

「おおぅ、たまらん。上手だぞ……美沙子のオマ×コも嬉し涙をいっぱい流している。お前の欲しいものをくれてやる」

そう言って、勝利が指を押し込んできた。おそらく、二本だろう。それが体内に押し入ってくると、

「ぁあああっ……！」

美沙子は咥えていられなくなって、顔をのけぞらせていた。せっかくここまで育てた肉茎をなえさせてはいけないと、とっさに指をまわして握りしめ、大きくすべらせる。

その間にも、体内に入り込んだ指が感じる箇所を擦ってくる。

下を向けた指腹で、Gスポットを押すようにして擦られると、甘く痺れるような快美がうねりあがってきた。

「ぁああ、ダメッ……できなくなる。お祖父さま、そんなことされたら、口でできなくなります」

「それは困る。あんたなら、できるはずだぞ。口でしなさい。気持ち良くなっても、おしゃぶりはつづけるんだぞ」

「はい……」

美沙子はふたたび顔を寄せて、肉棹に唇をかぶせていく。

大きく、硬くしたい一心で、肉棹を一生懸命しゃぶり、指でしごきたてる。

それでも、二本指でGスポットをぐいぐい圧迫され、同時にクリトリスを舌であやされると、陶酔感が込みあげてきて、ついつい口への神経がおろそかになってしまう。

欲しくてたまらなくなった。今、頬張っているものを体内に入れてほしい。

そんな気持ちを込めて、右手をぐっと前に伸ばした。左手で茎胴を握り、口では肉棹を頬張りながら、右手で睾丸を揉み込み、さらに、その下の会陰を触った。

そのとき、口のなかで、ビクンと肉茎が躍りあがった。

(清二と同じで、勝利さんも会陰が感じるんだわ)

美沙子は指を睾丸とアヌスの間に添えて、くすぐり、強めに擦る。その指がアヌスに触れたとき、

「おっ……!」

勝利が声をあげ、イチモツがさらに力を漲らせる。

(お祖父さま、ここも感じるのね)

美沙子は意識的に会陰からアヌスへと指を走らせる。菊花の周辺を円を描くようになぞり、窄まりをトントン叩くと、

「あっ、おっ……やめろ、そこは!」

勝利が哀訴してくる。そんな言葉とは裏腹に、肉茎は口腔で躍りあがり、硬さと長さを増している。

しばらくアヌス周辺とそのものを指でいじりながら、左手で茎胴を握りしごき、先

端を唇で速いリズムで往復させると、それがギンときたのがわかる。

「美沙子さん、できそうだ。今だ、乗っかってくれ」

勝利が訴えてきた。

挿入を許してはいけないという気持ちもあった。だが、長い間、女性のなかに入れなかったものを受け入れたい。願望を叶えてあげたいという気持ちが勝った。

美沙子は勃起を吐きだし、後ろを向いたまま移動して、いきりたちを花芯に導いた。

ここは一気に受け入れたい。

みずから指で肉びらをひろげておいて、かろうじて勃起を保っているものを導いて、一気に沈み込む。

亀頭部が膣口をひろげて、なかに入り込む確かな感触があって、

「ぁあああ……！」

美沙子は声をあげて、顔をのけぞらせていた。

「おおぅ、入ったぞ。オマ×コに入ったぞ……おおぅ、信じられん……くぅぅ、熱いぞ。マグマのように熱い……締まってくる。ぐいぐい、締まってくる……おおぅ、動かしてくれ。締めながら、刺激をくれ」

勝利が喜悦の声をあげる。

美沙子も自分に力を貸してくれた義祖父のイチモツを受け入れたことに、純粋に女の悦びを感じていた。

ここまで来たら、中折れさせたくはない。

バックの騎乗位で、美沙子は間髪容《い》れずに腰を振る。

美沙子の目には、壁しか映っていない。勝利の様子を見られないことが、寂しい。

それに、後ろを向いているので、お尻が丸見えのはずで、それが恥ずかしい。

だが、それ以上に、勝利に感じてほしいという気持ちが勝った。

両膝をぺたんとシーツについて、腰を前後に揺すった。

いまだ硬くいきりたっているものを、膣肉が揉みしだき、それが膣のなかを擦ってきて、腰を振るたびに甘い快感が高まる。

「ああ、気持ちいいぞ。もう少し前に屈んで、入っているところを見せてくれ」

勝利が言う。

（やっぱり、清二と同じで、自分のものがオマ×コに入っているところを、実感したいんだわ）

美沙子は両膝を立て、少し身体を前に倒して、両手をベッドに突いた。

腰を持ちあげ、振りおろす。

ペタン、ペタンと餅つきのような音がして、腰を落とすたびに、硬い肉柱が奥までえぐってくる。切っ先が子宮口に届くと、

「あんっ……！」

恥ずかしい声があふれてしまう。

「おおぅ、気持ちいいぞ。たまらん……」

勝利が言うので、美沙子はその姿勢でスクワットをするように、何度も腰を縦に振った。

「あんっ、あんっ、あんん……」

間断なく声が洩れてしまう。硬いものが奥を突いてきて、熱い快美のふくらみがひろがってくる。

「美沙子さん、今度はもっと前に屈んで、足を舐めてくれないか？」

勝利がまさかのこと言う。

「こ、こうですか？」

美沙子はぐっと大きく前屈して、顔が届くところ、つまり、向こう脛を舐めた。こんなことをするのは、初めてだった。

お尻があがっているから、挿入部分はおろか、尻の穴まで見えてしまっているはず

だ。

途轍もない羞恥がカッと全身を焼く。

（いやよ、いや、いや……恥ずかしいところを見ないで！）

だが、そんな気持ちとは裏腹に、この屈辱的な格好で男の足を舐めている自分を、可哀相だと思うのと同時に、男にご奉仕をすることに、胸も子宮も熱くなるような悦びを感じてしまっている。

（ああ、子宮が燃える……！）

美沙子は乳房を太腿に擦りつけ、すね毛の生えた向こう脛に舌を走らせる。身体を動かすたびに、イチモツも膣を出入りして、それが陶酔感を増大させる。

「ケツの穴が丸見えだな。小菊のようにきれいなアヌスだ。待ってろ」

勝利はベッドの枕許に置かれてあったものを用意しているようだったが、反対を向いている美沙子にはよく見えない。

しばらくして、冷たくぬるっとしたものが、お尻の谷間に垂れてきた。ローションらしいものをアヌスに塗り込めながら、勝利が言った。

「これで、指くらいなら、入るだろう。ケツの穴にな」

「えっ……？」

お尻の穴に指を挿入された経験などない。

「大丈夫だ。これだけローションを塗っておけば、簡単に入る。深呼吸しなさい」

怯えながらも、美沙子は言われたように深呼吸をする。

次の瞬間、何かがアヌスをぬるっという感じで押し割って、そのまま奥へとすべり込んできた。

「あうぅぅ……！」

たった一本の指で、美沙子は串刺しにされたようだ。

肉体的にはそれほどキツくはない。だが、通常とは逆に、指が一本差し込まれただけで、金縛りにあったように微塵も動けない。

「キツいか？」

「はい……でも、大丈夫です」

「すごいな。美沙子の腸のなかはオマ×コより熱いぞ。それに、何かとろとろしたものが触れている。これが、美沙子の直腸だな。うん、これは何だ？」

勝利は下側を押して、

「そうか、わかった。この硬いものは俺のチ×コだ。びっくりだな。壁が薄いんだろうな。下側を擦ると、その感触をチンコに感じるよ……美沙子、腰を振ってみろ……

やりなさい」

「はい……」

美沙子は前屈して、乳房を足に擦りつけるような姿勢で、全身を前後させる。すると、膣に勃起を、アヌスに指を感じて、もう何が何だかわからなくなった。

「ぁああ、すごい……初めて、こんなの初めて……」

「気持ちいいか？」

「はい……気持ちいい……」

「どっちが？　尻かオマ×コか？」

「両方です……両方気持ちいい……ぁあうぅぅ」

そう答えながらも、美沙子は腰を振りつづけていた。

指を抜き差しされるたびに、入口のあたりから、腹が抜け落ちていくような陶酔感が湧きあがり、それに、膣を勃起で擦られる快感が拍車をかける。

「おおぅ、たまらんよ。こんなに昂奮するとは思わなかった。美沙子をもっと突きたくなった。いったん抜くぞ」

勝利は結合を外し、指を抜き、真後ろに膝を突く。

いまだいきりたっているもので、膣口をさぐり、一気に突き入れてくる。

「ぁあああ……！」

美沙子は嬌声をあげて、シーツを握りしめていた。

二つの穴を攻められた衝撃がいまだに尾を引き、バックからイチモツを突き入れられただけで、脳天にまで届くような衝撃が響きわたる。

「おおぅ、美沙子さん、カチカチだ。チ×コがカチカチだ。わかるか？」

「はい……わかります。硬くて、大きなものがなかに……ぁあああ、突いてください。美沙子をメチャクチャにして」

心の底から、求めていた。

「おおぅ、美沙子……行くぞ。美沙子、行くぞ」

勝利が連続して、突いてくる。

腰をつかみ寄せられて、ズンッ、ズンッと突き刺されると、切っ先が奥に当たって、深い快美がうねりあがってくる。

「あんっ、あっ、あんっ……ぁああ、イキそうです。お祖父さま、わたし、イキます」

訴えると、勝利が強烈に打ち込んできた。

「おおぅ、俺も出そうだ。行くぞ。行くぞ」

「はい……ください。あんん、あんっ、あんっ……」

「おおぅ、出る。美沙子、出る！」

勝利が猛烈に突いてきた。

「あんっ、あんっ、あんっ……ぁあああ、イキます」

「俺も。俺も……うおおおおっ……！」

勝利が吼えたとき、体内に熱いものがしぶくのがわかった。それを受け止めながら、ぐいと尻を突き出したとき、美沙子も目眩くエクスタシーへと昇りつめていった。

美沙子が添い寝すると、勝利が腕枕して、ぐいと抱き寄せる。

「何十年ぶりだよ。女のなかに出したのは……美沙子さんのお蔭だ。お前の言うことは何でも聞いてやる。望みを言ってみろ」

勝利に訊かれて、美沙子は思っていたことを告げた。

「あの……吉彦さんを絶対に社長にしてください。それがわたしの唯一の望みです」

「自分より、吉彦か……いい嫁だな。わかった、約束する。俺の目が黒いうちに、吉彦を社長にしてやる。数年後には、吉彦を社長にする。これまでは、崇史に好き放題やらせてきたが、俺にも会長の権限がある。横領の弱みを握っているうちは、あいつは俺に逆らえない」

「ありがとうございます。わたしもできることはさせてもらいます」

美沙子は身を乗り出すようにして、勝利の胸板にキスをする。

ちゅっ、ちゅっと小豆色の乳首にキスをすると、

「本当にいい女だな。美沙子さんが俺の嫁だったらよかったのにな」

勝利が髪の毛を撫でてきたので、美沙子は胸板に甘えるように頬ずりした。

＊本作品は書下しです。文中に登場する団体、個人、行為などは
すべてフィクションであり、実在のものとは一切関係ありません。

竜崎家《りゅうざきけ》の嫁《よめ》 夜《よる》の適性検査《てきせいけんさ》

二〇二四年四月十日 初版発行

著者◉霧原一輝【きりはら・かずき】

発行◉マドンナ社
発売◉二見書房
東京都千代田区神田三崎町二‐一八‐一一
電話 〇三‐三五一五‐二三一一（代表）
郵便振替 〇〇一七〇‐四‐二六三九

印刷◉株式会社堀内印刷所 製本◉株式会社村上製本所 落丁・乱丁本はお取替えいたします。定価は、カバーに表示してあります。

ISBN978-4-576-24014-5 ◉Printed in Japan ◉©K.kirihara 2024